講談社文庫

スノーホワイト

森川智喜

講談社

「鏡や、鏡、壁《かべ》にかかっている鏡よ。

国じゅうで、だれがいちばんうつくしいか、いっておくれ。」

すると、鏡はいつもこう答えていました。

「女王さま、あなたこそ、お国でいちばんうつくしい。」

それをきいて、女王さまはご安心なさるのでした。というのは、この鏡は、うそをいわないということを、女王さまは、よく知っていられたからです。

グリム『白雪姫』

CAST

「鏡や鏡。壁にかかっている鏡よ。このお話の主な登場人物を教えておくれ」

「次の通りです――」

▼襟音ママエ（えりおと・ままえ／
本名＝マルガレーテ・マリア・マックアンドリュー・エリオット）
――私立探偵。〈なんでも知ることのできる鏡〉を持っている。

▼グランピー・イングラム
――襟音ママエの助手。小人。七人兄弟の末っ子。

▼緋山燃（ひやま・もゆる）——私立探偵。
▼三途川理（さんずのかわ・ことわり）——私立探偵。

▼ダイナ・ジャバーウォック・ヴィルドゥンゲン——后《きさき》」

「それでは、鏡や鏡。この中で誰がいちばん名探偵か、いっておくれ」
「私です」

目次

第一部

襟音ママエの事件簿

それがたとえ板塀の中であったり、他の家の裏側に向かい合っていたりして、当人たちはどこからも見えぬつもりで、まさかそんな遠くの山の上から望遠鏡で覗かれていようとは気づくはずもなく、あらゆる秘密な行ないを、したい三昧にふるまっている、それが彼には、まるで目の前の出来事のように、あからさまに眺められるのです。

江戸川乱歩『鏡地獄』

CASE I

ハンケチと白雪姫

「あの子を、森の中につれていっておくれ。わたしは、もうあの子を、二どと見たくないんだから。だが、おまえはあの子をころして、そのしょうこに、あの子の血を、このハンケチにつけてこなければなりません。」

かりうどは、そのおおせにしたがって、白雪姫を森の中へつれていきました。

グリム『白雪姫』

〈なんでも知ることのできる鏡〉の持ち主である私立探偵襟音《えりおと》ママエにとって、事件の真相を知ることなんて朝飯前であり、屁《へ》のようにたやすい。

しかし実際には、彼女は中学校に通う学生身分だったので、平日の朝食前から依頼人の相手をするわけにはいかなかったし、また、年頃の女の子なので、依頼人の前でおならをするわけにもいかなかった。それに、おならをするときのような片手間《かたてま》な姿勢で依頼人に接すると、探偵事務所の評判が落ちかねない。だから仕事の話をするとき、ママエはちゃんとお茶を出して、椅子《いす》に腰《こし》かけ、一応メモの用意をし、

「どうなさったんですか？」

と、しなくてもいい質問をするのである。ちなみに、そのとき助手のぼくは、本棚《ほんだな》の上にある植木鉢《うえきばち》の陰《かげ》に隠《かく》れることにしている。植木鉢はそのためにしつらえられたものなのだ。

「それで、どうなさったんですか」

とママエ。ぼくは植木鉢からひょいっと首を出し、下を覗《のぞ》いた。

「いや、その前に、私から聞きたいことがあるのですが……」

十一月X日。本日の依頼人は、申し訳なさそうな様子で口を開いた。瘦《や》せぎすの男性。見ようによっては二十代前半に見えないこともないが、着ているベストが地味なので三十代に見える。

一方のママエは南米の民族衣装のような服で身を包み、お気に入りのポーチをかけている。あんまり幼いと思われると仕事に支障が出るから、という配慮《はいりょ》からのファッションだそうだが、ぼくにはどうもよくわからない。頭には派手な髪飾《かみかざ》りをつけており、それはどことなく、お子様ランチにささった小旗を連想させた。

「はい、なんでしょうか」

「大変失礼ですが、その、あなたはおいくつですか？　とてもお若いようにお見受けしますが……この事務所はあなたがやっているんですか？」

ママエの「幼く見られないように」作戦のあり方について、どうもよくわからないと思うのは、おそらくぼくだけではないだろう。しばしば出くわす今回のような事態がそのことを示唆《しさ》している。ぼくが声を押し殺して笑っていると、ママエは本棚の上、つまりぼくの方を見あげた。そして、ぼくににらみ顔を見せつけたあと、すぐに依頼人に顔を戻し、

「十四歳です。この事務所は私がやっています」

「十四？　まだ中学生の方《かた》ですよね。アルバイトということですか？　ほかの探偵さんはいないんですか？」

「おりませんね。私が創業者、兼《けん》、所長、兼、唯一《ゆいいつ》の所属探偵です」

「ほかにスタッフの人は？」

「おりません」

こういうとき、ぼくは悲しくなる。グランピー・イングラムという名の小人——ぼくが助手として働いているのに！　ぼくがいなきゃ誰が出納簿《すいとうぼ》をつけたり、役所に提出する書類を作ったり、案内のチラシを作ったりするというのだ。本棚の下ではママエがこちらを見あげ、軽い謝罪の意味で、苦笑いしていた。

依頼人も彼女につられ、こちらを見あげた。もちろん、ぼくみたいな小人がいるって知られたら大問題になるかもしれないが、こういう風に顔を向けられたぐらいじゃぼくはてんで気にしない。その理由には、ぼくがたかだか数インチの大きさしかないから見つけられにくい、という物理的な一面もある。だがそれ以上に、植木鉢に小人が隠れているなんて、よほど柔軟性《じゅうなんせい》の高い精神を持っていないと想像だにされないという一面がある。「想像もしていないから気づかない」がほとんど。そうでなければせいぜい「虫がいたと思う」。かろうじてあるとして「小人のオモチャが飾ってあったと思う」。

ママエが、

「それで、ご依頼の内容は？　ご相談やお見積りだけなら、無料で奉仕させていただきますが」

といったので、依頼人はママエに向き直った。そして、

「いや……その……」

と言葉を濁《にご》し始めた。

「秘密はお守り致《いた》しますよ。私、探偵ですから」

「いやあ……しかし……」

「お話がまとまっていなくても構いません。思いだせることから適当にお話し下さるだけで十分です。私、探偵ですから」

「そういうわけじゃないんですが……うーん……」

「……子供じゃ信用できないってことですか？　私、探偵なのに……」

「……うーん……」

どんどん言葉が濁っていく。ママエは手元のポーチを撫《な》で始めた。その様子を見たぼくは、アアこれは例のパターンだな、と踏《ふ》んだ。本棚の上に並べたアルバムの裏を通り、隣《となり》の台所に向かう。案《あん》の定《じょう》、後ろからは、

「ではしばらく、お考えになる時間を――」

というママエの声が聞こえてきた。

リビングの本棚同様、台所のテーブルにも、ぼくが上にのぼるためのハシゴがつけられている。ちょうど、ぼくがテーブルの上にあがりきったとき、リビングに通ずるドアが開いた。

うちの名探偵様――ママエのご登場である。彼女はバタンとドアを閉め、憎々《にくにく》しげともいえそうなぐらい不機嫌《ふきげん》な表情で、

「イライラさせるなァ、もう」

と毒づいた。ぼくはなだめるような調子で聞いた。

「いちいち依頼内容を依頼人の口から聞かなきゃいけないのが？　それとも、せっかく聞いてやったのにわざわざ鏡を使わなきゃいけないことが？」

ママエは吐《は》き捨てるように答えた。

「両方よ、両方！」

彼女はそれから、ポーチから手鏡を取りだした。

「さっさと終わらせなきゃね。ドラマの時間には帰ってもらわないと。今日、最終回なんだから」

「ドラマの内容、鏡に聞いたらいいんじゃない？　別にテレビで観なくてもいいじゃん」

とぼく。至極《しごく》まっとうな意見だと思うんだが、ママエは首を横に振った。

「それは邪道《じやどう》！　テレビドラマってのは、リアルタイムで観なきゃいけないものよ！」

うーん……そうかなあ……。

首をひねるぼくをよそに、彼女は手鏡に向かって、澄《す》んだ声を出した――

「ドドソベリイドソドベリイ！

鏡や鏡！

あの人がどうしてここに来たか、教えてちょうだいッ」

――そして、彼女の問いをうけ、鏡が発光した。これぞ、〈なんでも知ることのできる鏡〉の本領発揮である。鏡は白く光り輝いたまま、いつものように淡々《たんたん》と答えた。

「あの人――緑川俊夫《みどりかわとしお》は私立高校の教師です。彼は生徒たちの手品で腕時計《うでどけい》を消されてしまいました。それを取り返すため、また、手品をした生徒たちを見返すため、手品のタネを知りたいと思っているのです」

いうまでもないが、依頼人のやつがさっさと事件の内容をしゃべらないからこうして鏡に教えてもらったというわけ。

「恐るべき大事件だ!」

というのが、鏡の回答を聞いたぼくの反応。

「ぷっ」

というのが、ママエの反応。

ぼくたちは目をあわせ、声を揃えて笑った。警察でなく探偵に持ちこまれるような困りごとは、大抵が変わり種であるのだが、今回の事件はその中でもなかなか傑出《けっしゅつ》しているぞ。あんまり笑っちゃ、依頼人には悪いけど。


「ドドソベリイドソドベリイ!

鏡や鏡!

もっと詳《くわ》しく教えて!」

ママエが尋《たず》ねた。鏡は一度暗転したのち、再び白い光を放った。そして回答——。

「緑川は今春、新しい高校に赴任《ふにん》しました。人員不足から急遽《きゅうきょ》、奇術部《きじゅつぶ》の顧問《こもん》を任されました。そして先週の金曜日、こんなことがあったのです」

鏡は今回、そのまま光り続けたわけではなかった。前置きを終えると、まるでテレビのように、映像を映し始めた。

映ったのは、廊下《ろうか》を歩く緑川（という名前らしい今回の依頼人。依頼してくれるかどうかまだ決まってないけど）。「2－A」やら「理科室」やらの文字が映っているので、校舎の中らしいと判断がつく。先ほどの鏡の説明を踏まえると、高校の校舎の中とみて間違《まちが》いない。

廊下の向こうから男子生徒が二人やってきた。

「先生！　緑川先生！」

緑川はしまったという顔をする。男子生徒二人はにやにや笑い。背の高い方が、

「先生、これから部活ですよ。ちゃんと顧問を務めて下さいよう！」

といい、背の低い方が続けて、

「新しい手品、考えたんです。先生、顧問ですからこれを観る義務がありますよ」

といった。たったこれだけのことを告げられただけで、情けなや、緑川はびくびくしている。

この高校における顧問の義務がどういうものかはわからないが、映像の様子からなんとなくわかることが二つある。一つは、緑川は奇術部の顧問をいやがっていること。もう一つは、彼は二人の生徒にあんまり尊敬されていないこと。尊敬されていないというより、下に見られている節がある。口調からわかる。言葉遣《づか》いこそ敬語であ

るものの、あんまり敬意はこもっていなさそう。

ぼくは目を凝《こ》らし、彼らの学生証が隣町の名門校であることを知った。ははん、こいつら、勉強できるのを笠《かさ》にきて教師を馬鹿《ばか》にするタイプかもな。そういうの見たことあるぞ——ええっと、ママエが前に観ていたなんとかっつう教師ドラマで。

ぼくは、緑川が気の毒になってきた。まじめに考えてやろうかという気になった。ママエは、ママエはどうかな、と思い、彼女の様子を窺《うかが》ったところ、目があった。

「こういう気の弱い先生、いるんだよねえ」

と同情的な一言。

ぼくは口元を引き締《し》め、鏡に目を向け直した。そのときちょうど、鏡の中の光景が変わった。次の場面になったのである。

今度は、薄暗い部屋。部屋の中に、先ほどとは別の男子生徒が一人いる。中央には、チェック柄《がら》のクロスに覆《おお》われた大きなテーブル。部屋は散らかっていて、床にトランプが散乱していたり、造花が積まれていたり、板の切れ端《はし》が転がっていたりしている。テーブルの上には飲みかけのペットボトル数本、床にはカップ麺《めん》のストック。生活感に溢《あふ》れていた。奇術部の面々は昼休みや放課後、ここでだらけているのだろう。

緑川と先ほどの生徒二人が画面（鏡）の端から登場。緑川が窓際の席に座ろうとす

ると、生徒の一人が、

「先生、そこは駄目《だめ》！　上座《かみざ》でしょ！」

といった。皆が声を揃えて笑う。うーん、やっぱり、気の毒だ。哀《あわ》れな緑川は、「上座」の右側の席に座らされた。続いて、テーブルの残り三辺に、生徒が一人ずつ座る。

緑川の向かいに座った生徒がマジシャン役なのだろう。彼がおもむろに、ポケットからハンカチを取りだした。色は水色、やや大きいサイズ。ほかにはこれといった特《とく》徴《ちょう》はない。汚れていないところをみると、奇術専用のハンカチかもしれない。

マジシャン役はハンカチをひらひらさせた。

「これから、物体消失の魔《ま》法《ほう》を行います！」

周囲から拍手《はくしゅ》が起こる。緑川もつきあっている。

「では——」

と、マジシャン役がリードし始めた。——なんでもいいから消してもらいたいものを出して下さい。おや、腕時計ですか。いいですね。はい、ではこれを消してみせましょう。まずハンカチに包《くる》みます。ようく包みます。——マジシャン役は、腕時計を包んだハンカチを顔の高さまで持ちあげ、そっと目を瞑《つぶ》った。そのまま、石のように固まる。

「魔法の力をかけます。ようくかけます」

テーブルの上のペットボトル入りコーラが少しだけ波立った。四、五秒ほど経った。マジシャン役は目を開けた。

「テーブルの上に置きます。さらに、ようく魔法をかけます」

彼はハンカチを丸めたまま、布巾《ふきん》でテーブルを拭《ふ》く具合に、左右に揺《ゆ》り動かした。

「そうしたあと、広げてみると……！」

ハンカチを広げると、そこには何もなかった。続けて、追いうち。

「ハンカチの裏に隠したと思いましたね？」

正直にいえば、ぼくはそう思った。緑川はどうだったのかしらないが、曖昧《あいまい》に頷《うなず》いた。

「ところがほら！」

彼がハンカチをめくると、そこにも何もなかった。マジシャン役は、手品前と同じように、ハンカチをひらひらさせている。当然、ハンカチに腕時計が隠されている様子もない。拍手が起こった。緑川もつきあっていた。ふと隣を見ると、ママエも（もちろん鏡の映像の中ではなく、外で）拍手している。

「すごい、すごい。ふしぎ！」

こんな手品よりよっぽどふしぎな鏡を使うママエがふしぎというのだから、折紙《おりがみ》つきというものだ。ああ、ふしぎ！　仕方ないから、ぼくも拍手につきあった。

次の場面になった。同じ部屋、同じメンツ。緑川は手品に使われたハンカチを手にして、

「時計、返してくれよ……」

と弱々しい声を出している。

「だから、魔法で消したっていってるじゃないですかー。あははは！」

「あははは！」

「奇術部の顧問でしょ？　タネがあるっていうんなら、このぐらい見破《みやぶ》って下さいよ」

「そうですよー、あははは！」

マナーのなっていないマジシャンたちだ。奇術というものをよく知らないが、たぶん、マジシャンとして風上に置けぬやつらといっていいだろう。

「そんな……」

緑川の表情は、泣き寝入りといういい回しを連想させた。

さらに、次の場面。やや、今度は学校じゃなさそうだ。民家——緑川の家のリビングか？　緑川と同じぐらいの歳の女性と、緑川の二人が映っている。きっと奥さんだろう。

「私が前にプレゼントした時計、最近つけてないみたいだけど、どうしたの？」

「いや、その」

「まさかなくしたの！」

緑川は家の中でも立場が弱いようだ。

「そういうわけじゃないんだが……」

「じゃ、どうしたの？」

「………」

「あなたって、困るとすぐだまる。家の中でも、外でも！　情けないったらありゃしない。もう何回いったかわかんないけどね、あなたがみんなからどう思われているかっていうと——」

と、くどくど。音声だけがフェードアウトする。鏡は最後に、

「『手品のタネを見破ることで、時計を奪還《だっかん》して妻とのいざこざを一つ解決できる。それだけでなく、生徒に対する威厳《いげん》を回復することもできる。もちろん、タネを見破らなくともきちんと主張すれば、腕時計を返してもらうことはできるだろう。しかし、それでは権威《けんい》が回復しない』というのが緑川の考えです。とはいうものの、自分の頭ではタネを見破ることができません。彼は困ってしまいました。そんな折、この探偵事務所の看板を見つけ、駄目元で飛びこんだのでした」

という説明をつけくわえ、暗転した。そのあとは、普通の鏡と同じように、光を反射させるだけの存在になった。

ママエはむうと唸《うな》った。

「まあね。うちの事務所は料金も安いし、こういう気軽さで利用するのもありかもね」

ぼくも同感である。続けてママエはいった。

「でも、この手品のタネを見破っても、本質的には何も解決しない気がするなぁ」

同感である。

「むしろタネを見破らずに、力ずくで取り返す方がマシなんじゃないかな。さすがにその辺までは面倒みきれないけど」

同感である。

「さてと。では、鏡に解決してもらいますか」

これは同感じゃないぞ。ママエがそういうのはわかっていたけど。

「ちょっと待って！」

ぼくは自己の存在をアピールするため、その場で飛びはねた。

「もう少しだけ。もう少しだけ考えてみない？　というより、まだ何も考えてないじゃん。これ、なかなか面白そうな問題だと思うんだよ。そう難しい答えでもなさそうだし」

「考えるって？　何を？」

「事件だよ！　事件！　探偵なんだから事件の真相について考えようよ！　どうやって腕時計が消されたのか、考えたらわかりそうじゃん」

ママエの顔が少しだけ不機嫌になった。

「えー、めんどいじゃん」

「三分だけ！　三分だけ待って。考えたいから！」

ぼくは飛びはねるのをやめ、壁の時計で時間を確認した。その場に座りこんであぐらをかき、手品のタネを推理し始める。

まず真っ先に思いついたのは、ハンカチにポケットがついていたという説だ。けれども、鏡の映像の中には、緑川がハンカチを持っている場面があった。おそらくハンカチにタネもしかけもないことを確認したのだろう。それに、十円玉や指輪を隠すならともかく、腕時計ではハンカチのポケットには隠しきれない。ゆえに、ハンカチポケット説は却下。

では、腕時計を包んだハンカチごと別のハンカチとすり替えた説はどうだ？　しかし映像を見た限り、そんな隙はなかった。却下。だったら、どさくさに紛《まぎ》れてハンカチから腕時計を放り投げた説は？　馬鹿な。いくらなんでも気がつくはず。

それじゃ、ハンカチを顔の高さまであげたとき、袖に腕時計を落とした説。これまでの中では一番マシな説だが、満足な答えとはいえない。なぜなら、ぼくは鏡の映像を凝視していたのだ。袖に落とした素振りはなかったぞ。

あとは……マジシャン役以外の生徒たち二人がグルだった説。お、これはありそうだ。でも、グルだったからといって、なんだというんだ？　あいつら手品が行われる間、なんかやっていたか？　あ、そういえば、かすかな動きがあったような……。いや、それはあいつらの動きじゃなかったような気もする。なんだっけ……。

——ぼくは頭の中で、先ほどの鏡の映像を何度も再生していた。

何かがひっかかっていた。キーとなる何かを摑んだ感触を覚えた。けれども、感触だけだった。もう少しで、あともう少しで解けそうなんだが……。

「ドドソベリイドソドベリイ！

鏡や鏡！

真相を教えてちょうだいな」

と、ママエ。

「待ってってていったのに！　あっ、まだ三分経ってないじゃん！」

ぼくはぶうぶういってやった。

「じれったくて、やっぱ、待ってらんないよ。いったでしょ。今日は最終回なんだってば。早く終わらせたいんだってば」

ママエもぶうぶう。

「だからさ、あとで、鏡に聞けばドラマなんていくらでも観られるじゃん！」

「いや！　そんな邪道で観るのはいや！」

「もっと邪道！　鏡に真相を聞くなんて、探偵として、もっと邪道！」

ママエはそれに答えなかった。彼女はころころと笑うだけ。やがて鏡が光り輝き、彼女の笑顔を明るく照らした。

うーん、この笑顔を見ると、ぼくは何もいえなくなる。ま、好きにさせりゃいいか。ママエの探偵事務所なんだし。

そして——鏡が真相を告げた。

あー、なるほどね。ぼくの着眼点は悪くなかった。もう二分、いや一分あれば、自力で解決できたのに……たぶん。

真相ごと依頼内容を知ったママエはリビングに戻り、依頼人の前に座った。ぼくは再び、植木鉢の特等席に。依頼人は空のカップとにらめっこをしながら、難しい顔をしていた。クッキーのお皿に手はつけられていない。

「さて、どうですか。決心がつきましたか。決心なんていう大げさなものは必要なくて、気軽にご相談下さるだけでいいんですけどね」

とママエ。緑川は空のカップをいじりながら、か細い声で、

「あの……それじゃご相談させていただくことに……」

といった。ママエの顔がぱっと明るくなる。

「はい、はい！」

「……でも……」

「はい」

「大した依頼内容じゃないし、どうも、その……」

中学生相手に相談しても仕方ない、と続けたいのだろう。しかし、気弱な依頼人は続きを口にすることができなかった。話が止まってしまい、時だけが流れた。依頼人

がもじもじしているばかりなので、ママエはしびれを切らしたようだ。

「えーと、私の推理によると、あなたは高校で奇術部の顧問をしていますね？」

「どうしてそれを！」

「…………」

「…………」

…………。

「探偵ならこのぐらいの推理、できて当然なのです」

「ええっ？」

依頼人は目玉をひん剝《む》いている。

「さらに、私の推理によると、あなたは生徒に手品で腕時計を隠されましたね」

「ええっ！」

「さらにさらに、私の推理によると、その腕時計は奥さんからもらったものです」

あいかわらず、ママエはすっ飛ばしてるなあ。私の推理によると、をつければいいってもんじゃないだろう。

「なので、タネを見破ることで、それを取り返したい。それがあなたの依頼内容ですね」

ママエの「推理」を聞き、依頼人は目玉をひん剝いたまま、口をあんぐりと開けた。ママエはデスクの脇《わき》に立てた料金表を取りだした。

「少しばかり特殊《とくしゅ》な依頼ですが大丈夫です。わが探偵事務所で取り扱わせていただきます。つきましては、こちらが料金一覧表になっております。お客様の場合、一応、盗難《とうなん》という項目に該当《がいとう》します。事件発生から間もないので、基本料金から少し値引きさせていただき、こちらのお値段で対応させていただきます」

ママエはデスク上の電卓《でんたく》をぱちぱちと叩いたあと、くるりと反対に向け、依頼人に数字を見せた。が、依頼人は目と口が全開になっていて、数字を見るどころではなさそうだ。

ママエは続いてプリントを取りだした。

「もしご依頼下さるなら、こちらの書類にサインをしていただくだけで結構です。また、料金の方は完全後払い制とさせていただいております。お客様が事件解決と判断なさったあとのお支払いで構いません。ただし、当事務所、クレジットカードには対応できかね――……――お客様？」

お客様は氷漬《こおりづ》けになったように、固まっていた。ママエはお客様の目の前で手を叩いた。お客様が解凍《かいとう》された。

「もしかして、うちの部員と知りあいなんですか」

「はい？」

ママエは首をかしげた。

「うちの部員と通じていて、それでこんな茶番を……」

「違いますよ」

「しかしそうはいっても——いや、そうか、あの時計が妻からのプレゼントっていうのは部員たちも知らないか……」

「え？」

「あ、ああ。そうですよう！」

ママエのやつ、その反論を思いついてなかったに違いない。依頼人が自分で思いついてくれてよかったな。

「ということは、さっき奥に引っこんだ間に、調べあげたということですか？」

「うーん、そういう表現でも間違いではありませんね。けれども、誰かに何かを尋ねたなどの行為は一切ありません。ましてやお客様のお知りあいに電話したわけでもあありません。お客様が当事務所に依頼されたことは秘密にさせていただきますし、当事務所がそういった点でお客様方からご不満の声をいただいたことはこれまで一度も——」

と、ママエがなんたらかんたら。鏡を使ったなんて、彼女は口が裂《さ》けてもいわないし、もしいったとしても彼女の口が裂けるだけだ。およそ信じてもらえまい。

説得というべきか演技というべきか、ママエの口上は効き始めた。依頼人はとうとう、目の前の少女が、とてつもない才能の持ち主だと信じるに至ったようだ。とてつもない才能の持ち主ならぬとてつもない道具の持ち主の指示に従い、彼は書類にサインをした。

手続きが終わった。依頼人は咳払《せきばら》いをして、

「それでは、詳しい話をさせていただきます」

と切りだした。ママエは眉《まゆ》をひそめた。

彼女の表情の変化を見て、依頼人の顔がみるみるうちに青ざめた。無理もあるまい。ありゃ、依頼を受けようという探偵のする表情ではないからな。何か裏があると警戒《けいかい》したくなる気持ちはわかる。

ママエは眉をひそめたまま、苦笑した。

「まア、そうですよね。細かい状況を説明していただくのも大切ですよね。どうぞお話し下さい。満足するまでどうぞ」

なんだかんだいって、ママエは真面目《まじめ》なのである。

ママエは使う道具がアレだから、依頼人の話なんて何一つ聞かずに解決することができる。しかし、彼女は依頼人が話したがるのを極力邪魔しない。今回のように、話を切りださせるために、こちらからすっ飛ばしてしまうことはあるが、その場合にしても、一度依頼人が話す気になれば普通に話を聞くのである。さすがにそうしないとあまりにも不自然な「推理」になってしまう、とわかっているのだろう。

また、ドラマの最終回がどうのこうのとごねるママエであるが、だからといって依頼人を追い返さないのも立派だ。そういうことを続けていたら、探偵業を廃業せざるをえなくなることを理解しているに違いない。

ただ、いまさら詳しく話を聞いたところで、ママエはすでに十分不自然な「推理」をしでかした気もするし、さっきから依頼人に自由にしゃべらせたまま、時計の針をちらちら見ているのが気にかかるが。

二十分ほど経ち、依頼人の体験談が終わった（内容は先ほど鏡で見たものと同じ）。彼が話を終え、陰気《いんき》そうな顔を伏《ふ》せた隙に、ママエはあくびを一つした。

そして、わざとらしいぐらい元気よく、

「そうかっ！　わかりましたよ！」

といったあと、さっさと本題に切りこんだ。依頼人が事務所に入ってきてから、この時点に至るまで一時間弱が経っていたが、ここから先は素早かった。ママエは三分弱で解決し終えた。三分弱の時間のほとんどは「どうして推理できたか、なんて気にしちゃ駄目ですよ」の説得に費やされた。依頼人は満足して帰った。

めでたし、めでたし！


ちなみに、手品のタネは次のようなものだった。

しかけはテーブルと、テーブルクロスにあった。あのテーブル自体がすでに「タネもしかけもある」代物であった。

鏡が教えてくれたように、淡々とした調子で真相を語るなら、次のようになる——

準備として、まず、テーブルと大体同じぐらいの大きさの分厚い板を用意する。板の真ん中辺りに手のひらサイズの穴をあける。その板をテーブルの上にのせる。さらにその上からテーブルクロスをかける。ただし、このとき、テーブルクロスに切りこみをつけておき、そこが穴の上にくるようにする。

つまり、テーブルクロスの切りこみを通して、板の穴に物を落とせるようにするわけ。穴あきの板を使わなくても、薄いカードなどであれば、テーブルクロスの切りこみからテーブルクロスの下に隠すことができる。でもそれだと、腕時計のような厚みがあるものを隠した場合、テーブルクロスが膨《ふく》らんでしまう。部員たちはそこまで考えて板を使ったのである。

テーブルクロスがチェック柄なので、チェックのマス目とマス目の境界線上に切りこみをつけることでばれにくくなる。これはマジシャン役の計算に入っていた。部屋の薄暗さも意図的であった。

あとは、魔法とかなんとかいいながら、腕時計をくるんだハンカチをテーブルの上で動かすとき、器用にやればいいだけ。切りこみから穴に腕時計を落とすのである。何度か練習しておけば上手にできるだろう。

ちなみに、切りこみや穴よりも大きな物品や、板よりも分厚い物品は、この手品で「消す」ことができない。が、ここには、マジシャン役があらかじめ意味ありげにハンカチをひらひらさせていたのが一役買っている。このパフォーマンスは、無言のうちに、客（＝緑川）に、ハンカチよりも小さいものを消すよう指示させるためだった。もちろん、それでも大きなものを客に指示されたら、断って小さいものに変更させる段取りだったが。

――というのが、鏡の告げた真実であり、すなわち、絶対の真実であった。ママエが依頼人に説明したのもここまでだ。

だがぼくは、もう一段階深い考察を加えていた。自分がどういうことにひっかかっていたのかを知り、いくつかの関連事項に思い至ったのである。

たとえば、部屋の隅に転がっていた板の切れ端。あれは、板にあけた穴の残りだったのではなかろうか。

それから、一番不自然に思った事柄について。つまり、「マジシャン役が『魔法』をかけるとき、どうしてペットボトル入りコーラが波立ったのか」ということについてだ。コーラが波立ったのはペットボトルが揺れたからであろう。そして、ペットボトルが揺れたのは、明らかに、テーブルかテーブルクロスが動いたのが原因である。ゆえに、問題は「あのとき、どうしてテーブルかテーブルクロスが動いたのか」といっていい。

マジシャン役は石のように固まっていた。それなのに、テーブルかテーブルクロスが動いたというのはおかしな話だ。このおかしさに気づき、注目すべきであったのだ。

結論としては「残る部員二人がテーブルクロスをひっぱっていたから」だろう。テーブルクロスに切りこみをつけ、それを穴の上に位置させていた場合、切りこみ部分がたるみ、見た目からばれてしまうかもしれない――部員たちはそう考えたのだ。そこで、マジシャン役以外の二人の部員がテーブルの左右から、テーブルクロスをほどよい力でひっぱっていた。そうすることで、切りこみ部分がたるまないようにしていたのだ。ひっぱる方向は、切りこみと平行である。ただし、ずっとひっぱっていると、腕時計を下に落としにくいだろうから、そのときだけひっぱる力を弱めるという算段だったに違いない。

だがマジシャン役が「魔法」をかけていたときに、二人のどちらか（あるいは二人とも）が、力の加減を失敗してしまった。そのため、テーブルクロスがずれた。それで、その上にのっていたコーラが波立ったのである。

なおこう考えると、手品前の一場面について、別の解釈が成立する。

「先生、そこは駄目！　上座でしょ！」

といわれ、依頼人が席を移動させられた一場面についてだ。実は、上座だから席を移動させられたのではなかった。ひっぱる役二人の席が事前に決定していたから、というのが真の理由である。依頼人は「ひっぱる役が座る予定の席」に座ろうとしたのである。それでは困るというので、席を移動してもらったのだろう。

思い返してみれば、最初に座ろうとした席と、実際に座った席は向かいあうのでなく、直交する位置関係にあった。この事実も、ぼくの推理を補強してくれる。なぜなら、テーブルクロスをひっぱりあう二人は向かいあう二席に座っていなければならないからだ。そのため、ここで述べた事情で席を移動してもらうならば（四つの椅子がテーブルの四辺に一つずつ置かれた状態を保たせる限り）、必ず、向かいあう関係ではない席に移動してもらわねばならない。

――というのが、ぼくによる補完の推理である。

依頼人が帰ったあと、ぼくは本棚から下に降りた。そして、ママエにこの話を切りだした。

「今回の真相、もう少し掘り下げて考えてみたんだけどね」

「うん？」

「まず、部屋の隅にあった板の切れ端。あれはさ――」

と、ぼくは自慢げに、とうとうと推理の内容を話した。うっとりと目を閉じ、どうだといわんばかりにしゃべった。話を終えたあと、目を開けた。さてママエがどんな顔をして話を聞いているか――。

ママエの様子は、ある意味、予想通りだった。彼女はぼくの話なんて、ちっとも聞いてなかった。彼女はクッキーをかじりながら、雑誌をめくっている。

「……ママエ？」

「ん？」

彼女はクッキーのお皿をぼくに寄せてくれた。ありがとう、でもそれは関係ないんだ……。

「なんで、ぼくの推理、聞いてくれないの?」

「推理? 何それ?」

「いま、しゃべってたじゃん!」

「ああ、さっきの……」

「そう、さっきの!」

「途中まではちゃんと聞いてたよ」

「どこまで?」

「板の切れ端があったっていうとこまで。そこから先、なんかややこしそうで、聞く気しなくてさあ」

これがうちの名探偵様だ。ややこしいことが大嫌《きら》い。

もういいじゃん、解決したんだから、あんたの話はいつもややこしいのよ、とテンポよくパンチを三連発したのち、ママエは台所に消えた。ドラマの前には、ドラマを観ながら食べるための小料理を作るのが彼女の習慣であった。

ぼくは寂《さび》しくなった。でも、この種の寂しさは珍しいことではないから、ぼくは紛《まぎ》らわす術《すべ》を知っていた。

ぼくはママエのポーチから鏡を取りだした。鏡には、悲しそうな自分の顔が映っている。おお、かわいそうな助手よ。――ぼくは声を張りあげた。

「ドドソベリイドソドベリイ！

鏡や鏡。

ぼくの推理、あってたよね？」

鏡の答えは短かった。が、ぼくが元気を取り戻すには十分だった。

「はい」

――つづく

ふしぎな海に浮かぶ、ふしぎな島のふしぎな森の中に、とても小さな、ふしぎな国がありました。ふしぎな国はどこがふしぎかというと、たとえば、普通の大きさの人に混ざって、親指ほどの小人が住んでいることがふしぎでした。

ほかにも、国民みなが〈真実を教えてくれる鏡〉――ふしぎな鏡の存在をふしぎと思わないのもふしぎなことでした。しかしそれもそのはず、ふしぎな鏡はこの国生まれのものであり、代々王家に伝えられている逸品《いっぴん》であるからです。

そんなわけですから、ふしぎな国の民家（もちろん小人の家含《ふく》む）を覗いても、ふしぎな鏡が壁にかけられているわけではありませんが、ふしぎな森の中央に位置するふしぎな丘の上にそびえたつふしぎな城の中を覗いたら、ホーラ！　いまもちゃんと、ふしぎな鏡があるのです。

ただその鏡には、昔と違う点が一つ。

角っこが、少しだけ欠けているのでした。

CASE Ⅱ

糸と白雪姫

「よい品物がありますが、お買いになりませんか。」

白雪姫はなにかと思って、窓から首をだしてよびました。

「こんにちは、おかみさん、なにがあるの。」

「上等な品で、きれいな品を持ってきました。いろいろかわったしめひもがあります。」といって、いろいろな色の絹糸であんだひもを、一つ取りだしました。

グリム『白雪姫』

依頼人が厄介《やっかい》ごとについてどこまで明かそうと、私立探偵襟音ママエには関係ない。なぜなら彼女には、事件の真相まで含めてすべてお見通しであるのだから。

ということで本来なら、ママエにはそもそも探偵事務所の看板を掲げて依頼人を待つ必要さえない。自分が探偵としてどこそこの誰某《だれそれ》をかくかくしかじかの方法でサポートできることを知ったのち、自らどこそこの誰某にコンタクトを取ればいいのである。依頼人候補の家の門を叩き、「お忙しいところすみません、私、探偵事務所から来たものです。今日は耳よりな解決をお持ちしました」といった調子で探偵稼業の訪問販売をすればいい。叩けよさらば開かれん、とどっかの誰かもいっていたではないか。

しかしママエはこの方式を取らない。あくまで看板を掲げて依頼人を待つのである。そこには、

「叩けよさらば開かれん、とは私ではなく、依頼人の方々にこそ必要な言葉では？問題解決の方法を自力で探ったすえ、解決法の一つとして——たとえそこに妥協《だきょう》があろうとも——探偵事務所の扉《とびら》をノックする人に、私は援助《えんじょ》の手を差しのべたい。そう

でなければ、依頼人は人として駄目になってしまう。あるいはまた、駄目にならないようなしっかりした人からは、頼んでもないのに援助の手をちらつかせる嫌なやつだと思われてしまう。頼んでもないのに私生活を覗いたともいえるわ。一介の探偵にしては傲慢《ごうまん》にすぎると思わない？」

という深みのある心意気があるのだろうとぼくは想像していた。が、実際に尋ねてみると、「訪問販売？　めんどいじゃん」という心意気だそうだ。

なお、看板を掲げる方式では、それだけでは心もとない。市内のあちこちにチラシをばらまくようにしている。チラシのデザイン作成は助手であるぼくの仕事になっていた。

そんなわけなので、チラシ片手に事務所にやってくる人がいると、ぼくは仕事に手ごたえを感じ、植木鉢の中で小躍《こおど》りするわけである。依頼人がチラシを褒《ほ》めたときなんて、植木鉢の三色パンジーとハイタッチしちゃうぐらい。

気の済むまで三色パンジーとハイタッチしたあと、下に目をやると、ママエがこちらに睨《にら》みをきかせていた。「騒ぎすぎ！　調子に乗ってると、依頼人にあんたがばれちゃう！」

しかし事実として、依頼人はぼくの存在にてんで気がついていない。彼女は顔を下に向けていたからだ。彼女の注意は、探偵事務所のチラシに向けられている。自分で持参したプリントと、いくつかの項目を比較《ひかく》しているようだ。

　ママエが口を開いた。

「お持ちになられたプリントは、私の同業者の方々のチラシですね。——いえいえ！もちろん構いませんよ、ほかの探偵さんと料金や条件をじっくりお比べになって、そのあとにご依頼を決められるのでも」

「いえ、そういうわけじゃないんです。こちらの事務所に依頼するのは決めました」

　依頼人は、ママエよりも少し歳上に見える。眼鏡《めがね》をかけた色白の少女。年頃の女の子なのに髪がぼさぼさなのが気になった。

　依頼人はたぶん、あわてんぼうか、がさつかのどちらかだろう。あるいは両方かも。同じことが、ちらっと見えた彼女の財布の様子からもわかった。実は持参してきたプリントというのは、彼女の財布につっこまれていたのである。性格があらわれている。それにまた、プリントを抜きにしても、財布はなお、ぱんぱんに膨《ふく》らんでいた。さまざまな会員カード、図書カード、レシートがごちゃごちゃと詰《つ》まっているようだ。

　ただし、わざわざほかの探偵事務所の資料と比較するという行為から、ぼくは彼女に鋭《するど》い知性を感じ取っていた。ぼくのチラシ、褒めてくれたし！

「先ほどもいった通り、やはり、この探偵事務所のチラシが一番しっかりしていますので……。お電話での対応もとても親切にしていただいて。大した依頼というわけでもないんですが、こういうのは事前に調べたい性分なんです」

お電話での対応？　またもやぼくの功績じゃないか。ハイタッチだ、三色パンジー君！

依頼人はプリントをめくりながら、

「大した依頼ではないので、大きすぎる事務所は逆に気がひけて。それに、大きいからっていいもんじゃないでしょうし。小粒《こつぶ》でピリリとした事務所さんを探したんです。

たとえばこの、緋山《ひやま》探偵事務所さん。小さいけど、ちゃんと実績はありそうなんです。でも、チラシがどうも素《そ》っ気《け》なさすぎます。料金もよくわからなくて、不安です。

その点、こっちの、三途川《さんずのかわ》探偵事務所さんはなかなかよさそうです。けど、どうも、契約《けいやく》事項や注意事項の書き方に胡散臭《うさんくさ》さがあるんですよ。雑誌にはいい記事だけじゃなくて、スキャンダルめいた悪い記事も載《の》っていました。職業柄、仕方ないのかもしれませんが。

しかし、こちらの襟音探偵事務所さんは悪く書かれたことがありませんよね。それで、総合的にみていいかな、と——」

少なくとも、あわてんぼうの気はあるようだ。依頼人は、聞かれてもいないことをぺらぺらしゃべった。

同業者の話ということで、ぼくはやや興味を持ったが、ママエは違った。ママエは頭を小さく下げ、

「ありがとうございます。それで、ご依頼内容は？」

本題に入った。彼女は同業者にとことん興味がないのである。

依頼人は身を乗りだし、

「自転車がなくなったんです」

といった。

「ふむ」

「どうでしょうか」

「失礼ですが、学生の方でいらっしゃいますか？」

依頼人は頷いた。財布から学生証を取りだし、ママエに見せた。目を凝らすと、それが近所の高校のものだとわかった。

ママエは電卓のボタンを叩いた。

「学生割引を適用させていただき、こちらのお値段となります」

「お電話で紹介して下さった料金と同じですね。これなら、新しく買うより安いです。ぜひお願いします」

　依頼人はママエの差しだした書類に署名した。やはりあわてんぼうなのだろう。ファミリーネームだけ書いて書類を返したので、ママエに記入漏《も》れを指摘された。次に書いたときは連絡先を記入していなかった。

　ようやく書類を書き終えたあとは、コーヒーを飲みながら、自分からすすんで、聞かれてもいない事件の詳細について話し始めた。

「ええっと、思いついたことから話していきますね。ちょっと要領を得ない散漫《さんまん》な話になるかもしれません。すみません――」

　ママエにとってもっとも不必要な時間の始まり、始まり。ただママエは、こんな退《たい》屈《くつ》な時間にも、ある程度真剣に接する。その点は偉《えら》い。聞き上手というわけではないのだが、最低限のポーズは取る。

　いまもママエは宙《ちゅう》をぼんやりと見つめ、見ようによっては深い考えごとをしているような顔つきをしている。裏事情を知っているぼくの目には、夕食のメニューを考えているように見えるが（カレーがいいな）。

　一方、ぼくはぼんやりなんてしていられない。鏡に頼りきった探偵業に、どことなく、不安を抱いているからだ。ぼくはちゃんと自分で話を整理する。そして、できるならば自力で解決する。事実、鏡抜きで解決したこともたまにある。

で、今回の依頼人の話だが、率直にいうと、全体を通してわかりにくかった。本人が事前申告した通り、「思いついたことから話していきます」であり、「散漫な話」であった。

具体的には次の通り。

「――自転車がなくなったとわかったあとは、もちろん、自転車回収の業者さんに電話で問いあわせました。防犯ナンバーも伝えましたが、回収されていないそうです。じゃ盗《ぬす》まれたってことになりますよね？　でも、私、なんだかそうは思えないんです。

どこでなくなったかははっきりしてます。X町のショッピングセンターです。ご存じかもしれませんが、あの辺は随分《ずいぶん》田舎なんです。最寄りの駅まで歩いて一時間はかかりますからね。最寄りのバス停は駅よりも遠いんです。だからバスも通りません。大変なんですよ。

ということはですね――私の自転車を盗んだ人は、一体、どうして盗んだのかってことです。どうしてっていうのは、ハウとホワイですね。盗んだ方法もわからないですし、盗んだ理由もわかりません。

だって、おかしいでしょ。わざわざ一時間もかけて駅から歩いてきて、自転車を盗んでいくなんて。できないことはないけど、そういう人は一時間もかけて駅から歩いてくるかなあ。車で来たのかもしれませんが、それならそれで、やっぱり盗んだ理由がよくわかりません。荷物になるだけですよね。

ちなみに、自転車を地下の駐輪場に置いていたのは、三十分ほどです。ついこないだの土曜、昼三時です。

それまでずっと部屋で勉強してて、家から自転車ででかけたんです。翌日に模擬試《もぎし》験《けん》が控《ひか》えていたんですよ。かなり気あいを入れていました。でもシャーペンの芯《しん》を切らしたんで、それを買おうと思いまして。あと、前から気になっていた参考書を、しあげの勉強用に買いたいなって思って。

途中の自動販売機でジュースを買って——あ、違う。買おうとしたけれど、買わなかったんです。自動販売機が壊れていたんです。いくら伸ばして入れても戻ってくるんですよ。なので、ジュースは諦めました。

その辺はたぶん、どうでもいいですね……えーっと、しばらくしてショッピングセンターに着きました。

ショッピングセンターに着いたら、地下の駐輪場に自転車をとめました。鍵もしっかりかけました。ええ、絶対に間違いありませんよ。だってほら、ここに鍵がありますから。あの自転車、鍵を抜くと施錠されて、鍵をさしているときだけタイヤが動くんです。

で、ショッピングセンターで買い物をしました。細かくいいますと、ATMコーナー、文房具コーナー、テニスグッズ、スポーツウエア売り場、本屋の順に足を運びました。文房具コーナーでは芯を一つ買いました。

でまア、最後にお目当ての参考書を図書カードで買いました。私は本を買うときは図書カードで、って決めてるんです。図書カードは絵が綺麗だから、持っているだけで幸せな気分になります。本とそれ以外でお財布が別腹になりますしね。読書生活の友です。あ、この気持ち、わかります？　そうですか、わかりませんか……。

どこまで話しましたっけ……？

ああ、図書カードで参考書を買ったところですね。買ったあとはすぐ、駐輪場に行きました。用が済みましたからね。私は早く家に帰って、試験勉強の続きをしたかったのです。気あいが入っていたんですよ。

でもそこで、自転車がなくなっていたのです……！」

依頼人はそこで一息ついた。

「なるほど」

とママエ。ぼくは、ぼうっと上を見あげているママエと目があった。……今夜はカレーにしよう。カレーがいいな。どうだろう、伝わるだろうか……？

ママエの視点が移動した。別の方向にぼんやり。依頼人が続けてしゃべりだす。

ぼくは再び、耳を傾《かたむ》けた。

「どうしようもありませんから、結局、タクシーで帰りました。歩いて帰ることは考えもしませんでしたね。私、身体を動かすのは本当に嫌いだし、苦手なんです。全然駄目なんです。

あっ、タクシーといえば、私はその場で『タクシーでショッピングセンターに来た人が、帰りにタクシー代を払うのがイヤになって自転車を盗んだ』ということも考えました。それでショッピングセンターの守衛さんにタクシーについて尋ねました。でも、

『今日タクシーが来たのは、あなたの呼んだのがはじめてですよ』

といわれてしまいました。だから、『行きはタクシー、帰りは盗んだ自転車』説はありません」

「ははあ、そうですね」

「交通手段として、ほかに、駅と往復するだけの無料バスはあります。だから『行き

は無料バス、帰りは盗んだ自転車』説ならばありえます。ですけど、『帰りも無料バスにすればいいのに、なんでわざわざ自転車で？』と考えると、すっきりしません」

「ふうん」

ママエは腕組みをした。考えているフリとして、腕組みは効果的だ。さすがにママエはここら辺、慣れているな。女優である。

「真相、わかりそうですか？」

「そうですね」

依頼人はコーヒーカップを口に運んだ。ソーサーの上に戻されたカップは空になっていた。ママエはすかさず反応した。

「コーヒーのおかわりを注いできます。しばしお待ちを」

「あっ。どうも……」

ぼくは植木鉢から台所に移動した。コーヒーメイカーの上に腰かけていると、ママエが姿を現す。

「わりと面白い問題だと思うんだ。どう？　鏡に聞く前に、何か思いついたこととか、ある？」

と話を振ったが、ママエにしっしっと手で追い払われた。こいつ、本当に考える気ゼロなんだな。

いまの時間を生むために、毎度、依頼人には少なめに注いだコーヒーを出すようにしている。いまの時間というのは、もちろん、ママエがポーチから鏡を出し、真相を知る時間だ。

「ドドソベリイドソドベリイ！
鏡や鏡、
あの人の自転車はどうなったの？」

鏡が短く答えた。

「彼女の連れがショッピングセンターの裏に隠したのです。いまもまだショッピングセンター裏にあります」

ぼくとママエは目をあわせた。ママエが続けて質問。

「ドドソベリイドソドベリイ！
鏡や鏡、
連れって？」

鏡に、映像が映しだされた。依頼人がショッピングセンターの地下に自転車をとめる映像だ。周囲には何人かほかの客の姿もあったが、その中で一人、明らかに依頼人と行動をともにしているポニーテールの女の子がいた。年齢は依頼人と同程度。見たところ、二人は友だちのようだが……。

鏡の映像に、文字が追加された。「この人が連れ↓」。矢印の先は、ポニーテールに伸びている。

「なあんだ、つまらない」

とぼく。つまらないので、コーヒーカップを軽く蹴《け》ってやった。コーヒーの波がちゃっぷんと音を立てた。

「――単に、友だちが依頼人への嫌がらせで自転車を隠したってことか。謎《なぞ》も何もあったもんじゃない。依頼人はお人よしであわてんぼうだったということだよ。お人よしだから、『友だちに嫌がらせで隠された』っていう発想を持ちえず、さらにあわてんぼうだから、さっき話をする際、ショッピングセンターに友だちと一緒に行ったことに触《ふ》れ忘れたということだ。くっだらない」

ママエが鏡に向かって、しあげの質問。

「ドドソベリイドソドベリイ！

鏡や鏡、

そうなの？」

しあげの答え。

「そうです。ただし、動機をより詳しく説明するならば、『妬《ねた》みが半分、試験勉強妨《ぼう》害《がい》目的が半分』といぇます。犯人は依頼人にいつも試験の成績で負けており、先日の試験でも負けそうだと自覚していたのです。その腹いせとしての犯行です。

依頼人は犯人にとても嫌われていぃます」

真相を知ったママエは、お人よしであわてんぼうで、成績はいいけど友人に恵《めぐ》まれていない依頼人のもとに戻った。ぼくは再び、植木鉢でかくれんぼ。

「――というわけです」

ママエはあっさりと真相を告げた。

おかわりのコーヒーを早速飲もうとした依頼人は、いきなりの解決にびっくりし、むせた。

「ええっと……つまり……」

「そうです、つまり、あなたの自転車はいまもショッピングセンター裏にあります」

「そんな」

自分が友人（と思っていた人物）に嫌われているという事実は、誰にとってもショックなものだ。依頼人はママエの言葉を頭で受け入れることができても、心で受け入れることができずにいるようだった。

——しかし、やがて、頭でも受け入れることができないことに気がついたのだろう。

「私、宏子《ひろこ》ちゃんのこと、いいましたっけ？」

「は？　宏子……様……とは？」

「あなたが犯人だという、私の友人ですよ」

「ああ！」

依頼人の目の奥で、不信感が頭をもたげていた。コーヒーカップの、先ほどぼくが蹴った辺りを撫でながら、彼女はいった。

「探偵さんの自信満々な態度から察するに、いまからショッピングセンター裏にいけば、そこに問題の自転車があるのかもしれません。いや、きっとあるのでしょう。そしたら、あなたに依頼した当面の問題はクリアされます。それはそれでいいのですが

……しかし……。

……しかし、あなたはどうやって、それを知ったのですか？」

詰問《きつもん》というには、あくまで、穏《おだ》やかな調子だった。だが、事件を解決してくれた探偵に対する言葉にしては、辛辣《しんらつ》であった。温かみに欠けていた。

「ですから、推理です。いろいろ推理するに、経験的にたぶんそう、かな、と……」

「推理？　経験的に？」

「ショッピングセンターにいったとき、たぶんご友人も一緒だったのかな、だったらそのご友人が怪《あや》しいなと推理したのです。なぜなら、ご友人が一緒にいたことは、事件を振り返るあなたにとって、盲点《もうてん》になっていましたよね。話し忘れたぐらいなので。

あなたは、駅との距離とか、タクシーの可能性とか、ほかの方面に関してつぶさに検討していました。だから盲点になっていることがあるなら……そこが怪しいのじゃないかな……と思いまして……。私の探偵としての経験から、こういうときはこうだっていう感覚が……」

女優ママエ、冷や汗《あせ》たらたら。いっぱいいっぱい。

きちんと説明を聞かせてもらおうか、といった思惑《おもわく》が依頼人の目の奥でむらむらしているようだ。

しかし実のところ、ある一点を除いては、ママエの弁解はそれほど悪くない。さすがに場数を踏んでいるだけはある。ぼくは逆に感心した。

ママエのいっている通り、今回の依頼人にとって、連れの存在は盲点となっていた。これは誰の目にも明らかだ。

また、依頼人が話で強調していた「自転車を盗むメリットのなさ」を踏まえれば、「自転車は、交通手段として盗まれたのではなく、『依頼人の物品』として盗まれた」という考えが自然な流れで出てくる。「自転車は交通手段としてではなく、単に、嫌がらせで盗まれた」という考えがそこから生まれるのも、すぐであろう。

総合すると、「友人が嫌がらせで盗んだ」説となる。さらに、物理的制約から「友人が嫌がらせで隠した」説に結びつく。

当然、本来ならば、この説は数ある説の一つとしての価値しかない。これを「真相」とする根拠《こんきょ》はない。

それでも、ママエの口にしている「経験」という単語がいまの不可思議さをなんとか和らげていよう。「この程度の可能性で断定しちゃうなんて、この探偵はときどきミスることもあるんだろうな」と思われるかもしれないが、それは不可思議さとは別の話であり、依頼人がいま気にしていることとは別のものだ。彼女は物事をなかなか論理的に考えるタイプであり（ぼくみたいにね）、きっと、この辺りを気にしているわけではないのだろう。彼女が気にしているのは……。

「そういう推理だったのですか」

「はい。なので、ひょっとすると、経験にもとづいた私の推理は間違っているかもしれません。ショッピングセンター裏にも自転車はないかもしれません！　料金のお支払いは、あなたが自転車を実際に手にしたあとで構いません」

「すみませんが、そうさせていただきます」

「当たり前のことですよ」

「しかしですね――」

依頼人の不信感は消えていない。

「――さっきの推理というのは、わからなくもありません。たしかに、私の盲点でしたからね。その先の論理の糸を追うことはできました。盲点となっている部分を怪しんだのは妥当ですし、盲点から導きだされる説を経験的に真相とみなしたのにも納得できます。けれども、正直にいわせていただくと、糸口がまったく見えません」

やっぱり、そうだろうなァ。ぼくは彼女に同情した。

「糸口？」

「そうです、糸口です。『友人と一緒にショッピングセンターにいった』を話し忘れている事実から真相――と仮に呼ぶことにしますね――を導いたプロセスではなく、『友人と一緒にショッピングセンターにいった』事実そのものを導いたプロセスですよ。そこがわからなければ、私がうっかり話し忘れているということがわからないじゃありませんか。何せ、私、うっかり話し忘れたんですよ？」

「えっ。でも事実、一緒にいったんでしょう？」

「そうですけど！　『どうして、あなたがそれをわかったのか』っていう話ですよ！」

答え＝鏡に聞いたから。

依頼人の目の奥に見え隠れしている感情は高ぶっているようだ。それは、ぼくが普段、ママエのテキトーさに対して感じている苛立《いらだ》ちに近いものなのだろう。

「……それは、私の推理です。経験であり、才能です」

「いいえ、いくらなんでも無理です！　薄弱な根拠からたまたま正答することはできても、無からは問題提起さえできません！　どんな糸にも、糸口はあるはずですよ」

ママエがどうやって真相までたどり着いたかを知りたがるタイプは時々いるのだが、今回の依頼人は久々の強敵だ。ただし、こういうタイプは、薄弱でもいいからとにかく「論理の糸」があれば納得してくれることが多い。「薄弱な根拠」と「無根拠」の違いをきちんと理解してくれるからだ。

納得してもらわないまま追い返してもいいといえばいいのだが、あとであんまり悪口をいわれたくないのが、事務所側の思いだ。探偵業は信頼第一。地域との絆《きずな》あってこそ。

ママエは、ふっ、と微笑した。

「お客様にはわからないかもしれませんが……女の勘《かん》、ですね」

「私も女です」

生意気な小娘《こむすめ》の一言は一蹴《いっしゅう》された。ちなみに、相手が男なら、これで問題解決できる場合がわりかしある（だからぼくは、ママエが口にする「女の勘」を百パーセントでまかせだとみなすことにしている。例、「勉強してないけど数学の宿題解けたのは、そう、女の勘なのよ！」＝「ズルして鏡に答えを教えてもらったから、ごまかさなきゃ」）。

「私は女は女でも、女探偵だからなのですっ」

「ごまかさないで下さいよ」

「いやあ、でへへ」

このとき、ママエはママエで、穏やかでない気迫を放ちつつあった。彼女は鼻の頭をぽりぽりと掻《か》いていたが、しばらくし、意を決したようだ。腰を浮かせ、依頼人のコーヒーカップを手に取る。

「失礼します。新しいのを注いできます、お客様」

「え？　あの、まだ中に残って――」

ママエの口調はとげとげしくはなかった。しかし彼女と親しいぼくには、とげとげしい感情をジョークで包みこんでいることがわかった。彼女はほほえんだ。

「――だって、お客様、おかわりが欲しいんでしょ?」

🍎 🍎 🍎

「依頼人が友人と一緒にショッピングセンターにいった」事実そのものを導くプロセスか……。実際にはないんだから、どうやって偽装するか。「これこれこうだからわかりました」という嘘をでっちあげねばならない。

コーヒーを注ぎたすママエの手つきは乱暴だった。

「論理の糸だって。糸口だって。ぷぷっ、何それ。そんなん知らないってば。知りたきゃ、お裁縫《さいほう》の先生にでも聞いてよね。解決したんだから、どうでもいいじゃない。ああいうのが一番困るのよねえ……!」

隣の部屋に聞こえないよう、声を抑えての悪態。

ママエがコーヒーをこぼしたので、ぼくは布巾を使って床掃除、ならぬテーブル掃除を始めた。

「でもママエの場合、本当に糸口なさすぎじゃん。仕方ないよ」

「めんどいなあ」

「ぼくが依頼人でも、ああいう反応になるね」

「うるさい」

ママエはぼくをデコピン、ならぬ「全身ピン」した。力加減はしてくれたようだ。しかしそれでも、身体が宙に浮いた。尻《しり》もちをついた。ひどいなあ！

ママエが笑いながら、ごめんごめんと謝った。続いて、ああめんどいめんどいと呟《つぶや》きながら、ポーチから鏡を取りだした。


「ドドソベリイドソドベリイ！

鏡や鏡。

私、なんていえば納得してもらえるの？」


光り輝く鏡の回答が始まった。

「こう答えれば大丈夫でしょう――」

ほう。ぼくは布巾を脇にどかし、鏡を覗きこんだ。ママエは手で鏡を持ったままだ。ぼくにも見えるような高さに固定してくれている。

鏡に映像が映しだされた。場所はこの家のリビング。ママエと依頼人がテーブルごしに向かいあっている。先ほどと同じような光景だ。

だが、先ほどの光景そのものではない。映像の中のママエは、

「ではお客様。あなたがショッピングセンターにいったとき、そこにお連れの方がいたことを私はどう推理したか、ご説明いたしましょう！」

と切りだした。

すなわち、これはシミュレーション映像であった。

この鏡で未来を知ることはできない。

けれど、シミュレーションならば可能だった。現時点でのありとあらゆる情報を踏まえたとき、こうすれば大抵こうなりますよ、という回答までは引きだすことができる。

ただ、あくまでシミュレーションなので、現時点から状況が変化してしまえばアウトだ。前提条件が変わってしまうのでシミュレーションに意味がなくなる。だから未来を知るために鏡を使うのは危険である。とはいえ、シミュレーションをシミュレーションと割りきり、参考になる意見を聞くことができると思えば便利だ。

映像の外のママエと違い、映像の中のママエは人を射るような眼光を放っている。一文字に結んだ唇《くちびる》からは、中学生の持つ子供っぽさが微塵《みじん》も感じられない。映像の外のママエもいつも探偵というより「女優」としてがんばっているが、映像の中の女優ママエならアカデミー賞をとれそうだ。

映像の中の依頼人には、すでに三杯目のコーヒーが渡されている。映像の中のママエが指を二本立て、

「お客様にお連れの方がいたことは、二つの過程から、それぞれ独立して想像することができました。一つだけならば憶測《おくそく》との誹《そし》りを免《まぬか》れることができませんが、二つ以上が独立の過程から同じ結論に達したとき、その合致《がっち》は高く評価されるべきではないでしょうか。私は『理を推し進める行為』、つまり推理という表現でその合致の重みを補強せざるをえません。私の経験が、私の頭脳にそう訴《うった》えかけるのです——」

といった。大真面目な顔だ。普段以上に「ちゃんとしているっぽい」演技にたまらなくなり、ぼくは声を立てて笑った。

「傑作《けっさく》！」

「うっわあ、恥《は》ずかしいなァ」

と映像の外のママエ。ぼくは振り返り、彼女にいってやった。

「でもこういうの、結構、大切かもよ？」

「うーん、そうかも。……エヘン、オホン……一つだけならば憶測との誹りを免れることができませんが、二つ以上が独立の過程から同じ結論に達したとき、その合致は高く評価されるべきではないでしょうか！」

ママエがオーバーに気取って、映像の中の自分をまねた。

「お、いいじゃん！」

「私は『理を推し進める行為』、つまり推理という表現でその合致の重みを補強せざるをえないのでございます！」

「ぐっとくるね」

「ワタクシの経験が、ワタクシの頭脳にそう訴えかけるのでゴザイマス！」

ぼくは手を叩いた。

「――って、遊ぶときじゃないでしょ。鏡見なきゃ。はじめから見直さなくて大丈夫？」

とママエ。

映像の中の彼女は、蓋然性《がいぜんせい》と唯一性についての簡単な講釈《こうしゃく》を垂れていたようだ。ちようど、まとめに入ったところである。

「大丈夫、まだ本題に入っていないみたい。………あ、そろそろ本題かも」

前置きは、帰納《きのう》と演繹《えんえき》の違いで締めくくられた。結論を一言でいうと、「いまからいうことは間違っているかもしれないけど、マ、たぶん当たってるでしょ」ということだった。シミュレーションだから正確にはなんともいえないけど、ここまではわりとどうでもよさそう。ここからの説明が大切だと思う。

映像の中のママエがいう。

「――では、以上のメソッドの実践例《じっせん》をご紹介する意味でも――『あなたが友人と一緒にショッピングセンターにいった』という結論に至るまでの道筋を説明させていただきます。

いまのケースでは、先ほどもいった通り、二つのポイントがひっかかりました。まず、ひっかかったポイントその一、あなたは文房具と参考書を買いにいったはず。なのに、どうしてテニスグッズ、スポーツウェア売り場に寄ったのか？」

これに対し、映像の外のママエが、

「そんなとこ寄ったっていってたっけ？」

とぼそり。

「いってたじゃん……聞いとけよ……」

そんなママエとは真逆、映像の中のママエはますます輝く。

「しかも、あなたは身体を動かすことが嫌いで苦手だともおっしゃっていました。あなたがテニスなどのスポーツをやっていない、と仮定して話を進めても構わないでしょう。では、あなたはテニスなどのスポーツをやっていないにもかかわらず、どうしてそんなところに寄ったのか？　試験前で早く帰って勉強したいときにです」

依頼人はママエの顔を見つめている。

「次に、ひっかかったポイントその二。それはＡＴＭコーナーです」

「ATMコーナーでお金をおろすのも、一人での行動らしくない……と？」

「一般的には違います。しかしいまの場合、そうなのです。なぜなら、あなたが買いたかったのはシャーペンの芯と参考書だったからです。いってしまえば、シャーペンの芯一つっきりです。参考書は図書カードで手に入れるのが常のようなので。

ということは、財布の中に千円以上入っているのに、シャーペンの芯一つ買うためにわざわざ現金をおろしたことになります。私はここにひっかかったのです。

私は二つのポイントをあわせ、結論を出しました。テニスグッズ、スポーツウェア売り場、ATMコーナー、これらの場所に用があったのはあなたではない、という結論です。しかしあなたは立ち寄りました。こうして、私は『あなたにお連れの方がいた』という着想を得たのでした」

依頼人の、ママエを見る目が変わった。彼女は、

「けれども私は、自分の財布に千円以上入っていたことをお話ししましたか？　いまの話には、その事実がすでに組みこまれていましたが……」

と尋ねた。

「自動販売機にお金を入れたが戻ってきた、伸ばしても駄目だった、とあなたはおっしゃいました。伸ばすということは、硬貨《こうか》ではありません。紙幣《しへい》であり、千円以上です。戻ってきたということは使われていません。つまり、ショッピングセンターに着

いたときも財布の中だったということですね。

以上が、私が第二推理の糸口を見つけるために辿《たど》った、第一推理の糸の全貌《ぜんぼう》です」

「おお！」

依頼人はしきりに頷いた。

「そういうことでしたか。決して数学のように厳密な証明ではありませんが、それでも、きちんと説明していただいたことですっきりしました。ありがとうございます」

「そうでございますか。しかし、推理の糸には蓋然性の要素が含まれています。まずはショッピングセンターまでいき、あなたの自転車が実際にあるかどうかをご確認なさるのがよろしいでしょう」

依頼人とママエは立ちあがり、握手《あくしゅ》を交わした。これが一昔前の映画ならファンファーレとともに、「THE　END」の文字が登場しそう。実際には、ファンファーレも「THE　END」の文字もなく、鏡は静かに暗転した。

「なアるほどねえ。やっぱ鏡、すげえや」

とぼく。

実際には、鏡はこの過程を経て先ほどの結論（犯人＝友人）に至ったわけではない。鏡の「推理」に過程なんて存在しない。しかし鏡は、こうやって過程をでっちあげることもできるのだ。

ママエはこめかみを指で押さえて、いまの話を整理しているようだった。いまから自分が「自分で考えていたこと」のように話すのだから、十分に整理しておく必要がある。

数分でママエは整理し終えたようだ。コーヒーカップを手に取り、もう片方の手をぼくに向かって振った。

「じゃ、行ってくるね」

こうして、事件は解決した。

――つづく

ふしぎな海の、ふしぎな島の、ふしぎな森の、ふしぎな国の、ふしぎな丘の城の一室。そこには、視界の一部を真っ黒に塗りつぶすほど長いつけまつげと、耳よりも大きいイヤリングを気にいっている淑女《しゅくじょ》――十五年前に持っていた二十歳の魅力《みりょく》を取り戻さんがために化粧品と格闘している貴婦人、ダイナ・ジャバーウォック・ヴィルドゥンゲン夫人が住んでいました。

数ヵ月前までならば、香水の香りやファンデーションの色をチェックするダイナの姿がこの部屋のありふれた光景でした。しかし、近頃のダイナは全然別のことをしています。カレンダーの日付に口紅でチェックをいれ、カレンダーの前で小躍りしているのです。事情を知らない国民が見れば、

「ああ。ダイナ様は、ご自分の顔をお化粧するのに飽きたから、今度はカレンダーにお化粧するようになったのだな」

と思うでしょうが、事実はそうではありません。ダイナは要するに、とある日を心待ちにしているのでした。

といいましても、遊園地に連れていってもらう約束をした子も、お誕生日パーティ

ーを数週間後に控えた子も、このときのダイナほどうれしそうにカレンダーを気にしないものです。ですから、ダイナにとってのお目当ての日といったら、それはそれは、子供にとっての遊園地やお誕生日パーティーなんか目ではないほどの魅力を持っているということなのですね。それもそうでしょう、彼女にとってその日は、ある意味では、世界全体が彼女の遊園地と化す日であり、別の意味では、第二の自分が誕生する日であったからです。

それは、戴冠式《たいかんしき》の日。

すなわち、ダイナ女王が誕生する日でした。

一市民にしては抜きんでた資産家のもとに生を享《う》けたダイナが、ヴィルドゥンゲン王家の家系図にその名を加えたのは、いまは亡きバンダースナッチ・ヴィルドゥンゲン王の気まぐれな恋物語によるものでした。十五年前、気まぐれな恋物語のヒロインであったダイナは予期せぬ形で、后《きさき》の座に就《つ》きました。

ヴィルドゥンゲン家はいまも当時も、よくいえば芸術家肌、悪くいえば気分屋の家風で知られています。なので、なんの前触れもなく、いきなりバンダースナッチがダイナとの婚約を発表したときも、国民は大して騒ぎませんでした。あるものは罪を犯して投獄《とうごく》され、あるものはぶらりと放浪《ほうろう》の旅にでかけ、あるものは心を病み自らの命を絶つヴィルドゥンゲン王家平常営業といったところです。

——というのが、十五年前の話。


十五年の歳月は、いろいろなものを彼女に与えました。

彼女のことをよく知らないものでも、例として即座に、目元の小皺《こじわ》、頬《ほ》っぺたの張りのなさを挙げることができましょう。しかし、彼女のことをもう少し詳しく知るものならば、もっと本質的な変化を指摘するはずです。つまり、彼女の目に映るものの違いです。十五年前の彼女の目はバンダースナッチの姿を映していましたが、数年前からの彼女の目にはバンダースナッチが腰かける王座が映っていました。本質的に違っていたのです。

彼女は、この十五年の間に、自分が女王候補に入ったことに気がついたのでした。

代々王座には、王家の血をひいたものが就くことになりますが、王家の血をひいたものが必ず王座に就けるわけではありません。すでに故人となったものはもちろん候補外ですし、まだ生きているものでも、過去に獄中生活を経験したものは候補外とされます。ヴィルドゥンゲン家には波乱万丈《はらんばんじょう》な人生を送るものが多いためか、犯罪歴ありに該当して候補を外れるものも多いのでした。

王が死んだ場合、葬儀《そうぎ》を終えたあとの数ヵ月は代理機関が王と同等の働きをします。そのあとに新王の誕生となるのですが、この際、王冠を受ける人間は、家系図と各人の犯罪歴をもとに、自動的に決められるのです。それがこの「ふしぎな国」の決まりでした。

バンダースナッチが病床《びょうしょう》に就いたとき、彼女は家系図をひっぱりだし、国の決まりをまとめた書を片手に、線をあちこちなぞりました。

「嘘？　私だわ！」

彼女は飛びはねました。

「あの人が死んだら、私が次の王なんだわ！」

以上が、彼女の目に映るものがバンダースナッチの姿から、バンダースナッチが腰かける王座に変わった経緯。数ヵ月前ついにバンダースナッチが死んでしまったため、いよいよ、彼女の目には空の王座が映っているといった次第です。

そして一月《ひとつき》が流れ、新王誕生の日まで残すところ一ヵ月となりました。

今日もまた、ダイナは化粧を施したカレンダーの前でダンスをしていました。ここ数日の彼女は、空の王座ばかりを頭に描くのを卒業し、いろいろな別のことも頭に描くようになっていました。たとえば、戴冠お披露《ひろめ》目スピーチ、肖像画《しょうぞうが》のためのポーズ

作り、王宮舞踏会《ぶとうかい》の曲目などです。今日のダイナはというと――、

――窓際から、奥の壁に向かって、しゃなりしゃなりと歩いていますね。

しばらく歩いたあと、壁にかけられた鏡の前で足を止めました。

「ダイナ・ジャバーウォック・ヴィルドゥンゲン！」

と、自分で自分の名を呼びました。低めの声で。

「はい」

と、今度は自分で自分に返事。こっちは、おしとやかな声で。

「汝《なんじ》は我らが国の平和と発展を心から望むか？」

と、低めの声。

「はい」

おしとやかな声。

「汝は我ら国民に尽《つ》くすか？」

低めで。


「はい」

おしとやかに——という具合に、戴冠式の具体的な流れをおさらいしているのでした。とはいえ、形式的な儀礼《ぎれい》としては、ダイナ本人は要するにハイハイ答えておけばいいだけ。自主的な予行演習は、ダイナが練習熱心であることを示すものではなく、やはり、彼女が戴冠式をとことん心待ちにしていることを示すだけのものです。

彼女はそのあとも、形式的な自問自答をせっせと進めました。ごにょごにょと低めの声で質問し、おしとやかに「はい」と返事——この繰り返しがしばらく続きました。しかし、最後は違っていました。最後の質問だけはダイナではなく、鏡に向けられました。

実際の式でも、この鏡——なんでも真実を教えてくれる王家代々の鏡が用意されます。それは、戴冠直前の儀礼を次のように締めくくるためなのです。

ダイナは低めの声で、

「ドドソベリイドドソドベリイ！

鏡や鏡。王家に伝わる鏡よ。

新王にふさわしいのは誰か、その名を答えよ！」


と鏡に尋ねました。

この質問ももちろん、形式的な儀礼にすぎません。なぜなら、先ほどもいった通り、新王になる順番は、法規にのっとり、機械的に決められるからです。いわば機械的に計算される式の答えを機械に尋ねているようなものであり、予想された答えが返ってくるだけのこと。騒ぎになるような答えなど、返ってくるはずもありません。

鏡が光を放ち、はっきりした声で答えました――


「マルガレーテ・マリア・マックアンドリュー・エリオットです」

はてさて、もしこれが本番の式であったら、どういう騒ぎになっていたでしょうか。ダイナには想像もできませんでした。もしかしたら、ダイナのまだ知らない手続きが式の前にあり、その過程でこういう事態が未然に防がれるのかもしれません。

ダイナはしばらく考えました。というより、その事実を信じたくないがために、考えることで現実を拒否しようとしました。

（ええっと、私の名前って、マルガレーテなんちゃらだっけ？）

「ドドソベリイドソドベリイ！　新王にふさわしいの、誰……？」

「マルガレーテ・マリア・マックアンドリュー・エリオットです」

ダイナはせっせと考えました。

（うーん、私はダイナ。ダイナ・ジャバーウォック・ヴィルドゥンゲン。どこをどう略したりもじったりしてもマルガレーテなんちゃらにはならない。ア、もしかしたら、私自身も知らない因縁《いんねん》で、戸籍《こせき》の上では違う名前で登録されてるとか……ってそれはないか。少なくとも、結婚するときにファミリーネームはヴィルドゥンゲンにしたはず……。でもそれじゃ、それじゃ……）

「ドドソベリイドソドベリイ！　新王にふさわしいのは誰なの！」

「マルガレーテ・マリア・マックアンドリュー・エリオットです」

かつて家系図に、あみだくじのごとく、指を這《は》わした日のことをダイナは思いだしていました。

（マルガレーテなんちゃらという人物をどういう理由で、私は、私より王位継承権が弱いと判断したんだっけ？　えーと……あら？　あらあら？　そもそも、そんな人いた？）

「ドドソベリイドソドベリイ！　そいつ誰！　どこで何やってるやつなの！　どうしてそいつが新王にふさわしいの！　私じゃなくてさ！」

「マルガレーテ・マリア・マックアンドリュー・エリオットは、異国の地にて、私立探偵の仕事で生計を立てている中学生です。襟音ママエの名で暮らしています。彼女マルガレーテこそは、前王が、当時使用人であった故キャルー・キャレー・マックアンドリュー・エリオットとの間にもうけた娘です。王家の血をひくもののうち、過去に罪を犯していないものは彼女のみです。よって、法規にのっとる限り、現時点では彼女がもっとも新王にふさわしいのです。彼女は、物心ついたときからずっと異国で暮らしており、自分が王家の人間だとは知りませんが、そのことは王位継承に影響しません。

ちなみに、あなた——ダイナ・ジャバーウォック・ヴィルドゥンゲンは、マルガレーテの次に、新王にふさわしい人物です」

CASE Ⅲ

毒と白雪姫

　そして、櫛《くし》を買うことがきまったときに、おばあさんは、

「では、わたしが、ひとつ、いいぐあいに髪をといてあげましょう。」といいました。

　かわいそうな白雪姫は、なんの気なしに、おばあさんのいうとおりにさせました。ところが、櫛の歯が髪の毛のあいだにはいるかはいらないうちに、おそろしい毒が、姫の頭にしみこんだものですから、姫はそのばで気をうしなってたおれてしまいました。

グリム『白雪姫』

事務所で一から十まで終えるケース――いいかえるならば、ほとんどのケース――と違い、ママエの方から依頼人のもとに出かけるケースでは、ぼくは隠れ場所を考えなきゃならなくなる。とはいえ、ぼくは虫みたいに小さい。移動中はママエのポーチに入っていればＯＫだ。

十二月、第二土曜日。

午後三時。予定通りの到着だ。

依頼人である国北鋭二《くにきたえいじ》の屋敷《やしき》は、自動車で山を三十分ほどのぼったところにあった。屋敷までは使用人――優しそうなおばあさんが連れてきてくれた。つまり、依頼人は使用人を雇《やと》うようなお金持ちさんだとわかったわけだ。このぐらいは鏡に聞かずとも、ぼくだって推理で知ることができる。ただ、依頼内容についてはまだ何も聞いていないので、さっぱり。

ポーチの中でおとなしくしていると、やがて、エンジン音が消えた。車がとまったのだ。続いて、ママエが車から降りた様子。ぼくは引き続き、ママエのポーチの中でおとなしくしていた。時代劇で見かけるような、駕籠《かご》で運ばれる偉い人になった気分である。悪くない。

ポーチの外からは、おばあさんとママエの会話がよく聞こえる。しかし、大した話をしているようではなさそうだった。

「旦那様《だんな》からは、応接室にお通しするようにいわれています」

「はい、ありがとうございます」

「随分とお若いようですけど、お仕事しているなんて偉いですねえ」

「へへへ」

そこに、新しい声が登場。歳を取った男の声だ。

「おお、君が襟音ママエ君か！」

「はい――」

ぼくは外の様子が気になったので、鏡に向かってひそひそ声で、

「ドドソベリイドソドベリイ！

外の光景を教えてくれ」

と尋ねた。この鏡はそれ自身が発光するので、小型テレビと同じで、暗いポーチの

中ででも見ることができる。鏡に、ポーチの外の光景が映った。部屋の天井から見下ろす視点だ。

ママエがいるのは、すでに応接室のようだ。中央に丸テーブルが一つあり、周囲を五つの椅子が囲んでいる。すべての椅子にお尻がのせられていた。

ママエから左回りに観察すると——一人目はピアスをつけたおばあさん。使用人の顔は知っているので、使用人とは別の人だということはわかる。二人目は、老眼鏡を首からぶらさげたおじいさん。三人目はツンツン突きでた前髪と切れ長の目を持つ青年。四人目は首にヘッドホンをぶらさげた赤毛の青年。二人の青年の歳は見たところ同じぐらい。ママエより少しだけ歳上、高校生ぐらいか。

体勢から察するに、ママエは先ほど椅子に座ったばかりのようだった。しかし、すぐに腰をあげることになった。なぜなら、おじいさんが、

「あらためて紹介しよう、彼女が襟音ママエ探偵だよ。君たちより二つ若い探偵さんだ」

と彼女を二人の青年に紹介したからだ（この声は、ポーチの外から聞こえてくる声でもあり、鏡から聞こえてくる声でもある。二つはまったく同時だ）。ママエは椅子から腰をあげ、頭を下げた。

「どうも、襟音ママエです」

もっとも敏感《びんかん》に反応したのは、切れ長の目の青年だった。

「どうもどうも、お噂《うわさ》はかねがね！」

彼もまた、椅子から腰をあげた。のみならず、わざわざ丸テーブルを迂回《うかい》し、ママエに握手を求めた。彼女の手を握り、大きく振り回す。

「襟音君、そちらが三途川《さんずのかわ》 理《ことわり》 探偵だ」

ママエの腕を縄跳《なわと》びの縄と勘違いしているかのごとくシェイクしている青年——三途川探偵はおじいさんに紹介されると、ママエの手をぽいっと放り捨てた。即座《そくざ》に、早撃《う》ちガンマンのように自分の胸ポケットに手を突っこむ。——出てきたのは一枚の名刺《めいし》。および、早口な自己紹介と、勢いよく放たれる唾《つば》だった。

「はじめまして、三途川理と申します。ご紹介に与《あずか》った通り、私立探偵を営んでおります。つまり、あなたと同じですね。いやあ、探偵と探偵の出会いほど刺激的なものはありませんな。犯人と犯人の出会いは獄中ですし、被害者と被害者の出会いはあの世です。その点、我々の場合、出会いの舞台は浮き世の真っただ中。探偵あってのモノダネ。なんとらんらん気分で、浮き世の浮きは浮かれているの浮き世なのでしょう。

我々探偵はしばしば虫メガネすなわちレンズに象徴《しょうちょう》されます。虫メガネは虫のように小さいものを見る道具です。しかし、複数のレンズを利用した顕微鏡《けんびきょう》は、虫よりもさらに小さい微生物を見ることのできる驚異的なアイテムとして知られております。微生物どもに、知られておるのです！

いいかえるなら、街に平和の光ある限り、安全が被害者を減らすということです。光、光、光！　ほらあそこの角にも、ここの角にも。無視するやつは死んじまえ！けけけけ、我ら三色の光かな。空間に光の点が三つあるとき、低次元なる世界は一つに決定されるのであります！」

わけのわからんことをいうやつだなあ。

ママエは愛想笑いを浮かべ（目元がひきつっているぞ！）、彼と名刺を交換した。ママエの名刺――凝ったデザインを入れたスタイリッシュな名刺はやはり、「歳が若すぎるのをカバーしよう」作戦の一つであった。「ちゃんとしている」アピールというわけだ。ちなみに誰がこの凝ったデザインを考えたか、それはいうまでもあるまい（無論、ぼくだ）。

ママエの名刺を受け取った三途川は、再び、けけけけと笑い、

「ほうら、ご覧なさい、緋山《ひやま》君。探偵は接客業です。名刺の一つも用意せずに来た探偵はあなたぐらいのもんですよ」

と、赤毛の青年に意地の悪そうな声で話しかけた。赤毛の青年は三途川に対して呆れたような溜息を一つ漏らし、ヘッドホンをしまったあと、ママエに会釈《えしやく》した。

「どうも、緋山です」

「私立探偵の緋山燃君《もゆる》だ。ご存じだろうが最近だと、今週の、銀行強盗事件を解決した件が有名だろうね」

とおじいさんが注釈。おじいさんは、テーブルの上に置かれていた新聞をママエに寄せた。ぼくはぎゅっと目を細める。地方新聞朝刊――アア、ぼくが毎朝読んでいるやつだ――今週の水曜のだな――。さらに目を凝らすと、地元企業○×物産における損害賠償《ばいしょう》異例判決の記事の横に書かれた「銀行強盗逮捕《たいほ》」という題字を読み取ることができた。

その朝刊では、誰も注目していなかった裁判に異例判決が出たことがあまりにショッキングだったのだろう（何しろ、新聞を毎朝読んでいるぼくも、この日を境に○×物産の存在を知ったぐらいだ）、銀行強盗の方の記事がかすんでしまった。

しかし銀行強盗が前日まで新聞記事を賑《にぎ》わしていたのは覚えている。ふむ、「銀行強盗逮捕」記事の中に緋山の名前があるのだろう……ああ、そういえばあった、あった！　立派なもんだなあ。

なお、うちの探偵はテレビといえば、ドラマかバラエティ。新聞といえば、普段はテレビ欄《らん》と四コママンガ。マジメな気分になったときは天気予報。銀行強盗事件のことはそもそも知らない。

彼女は記事を読み、

「ふんふん……名前がありますね！　すごいですね！」

と、演技だか本気だかわからないような反応を見せた。そこには余裕が感じられた。

緋山は背もたれに体重をあずけたまま、静かにしている。三途川は、ママエからひったくるような勢いで新聞を回収し、おじいさんに返した。自分の席に座りながら、

「ちなみに、自分は今日までずっと余所《よそ》で仕事していたもので。惜《お》しいことをしましたよ、ったく。自分がいれば、警察はもっと早く逮捕に踏みきれたでしょうに。ねエ、緋山君」

自分だったら緋山より早く逮捕できたという意味か、二人いれば一人より早く逮捕できたという意味か。若い才能を一堂に集めたおじいさんは、口元に浮かぶ笑みから判断する限り、後者の意味だと捉えているようだが……。

緋山は答えなかった。代わりに、何か汚いものでも見るような目を、三途川に向けただけだ。

ぼくは予感した。

今回の捜査は意義深いものになるだろう。

なぜなら、ママエはこれまで、ほかの探偵に接したことがないからだ。今回の件で、ほかの探偵がどういうことをやっているかを知ることができる。解決能力という点では鏡に及ばないかもしれないが、学ぶべきことはきっとある。

依頼人は人物紹介のしあげを行った。

「それで襟音君。こっちは家内。そして私が、依頼人の国北だ。もう引退したが、ずっと証券会社に勤めていてね。二十年ほどサンフランシスコに住んでいた。向こうじゃよくホームパーティーをやっていたんだが、逆に日本には知りあいが少なかったりしてね、さびしいもんだよ、ははは。あらためてよろしく」

ピアスをつけたおばあさん――もとい国北夫人、ぺこり。おじいさん――もとい依頼人、ぺこり。ママエ、ぺこり。誰も見てないけど、ぼくもつられてぺこり。

部屋のドアがノックされた。ママエを国北邸《てい》にまで案内した使用人のおばあさんが、サラミやトマトなどの具がてんこ盛りのピザと、粉チーズをまぶしたサラダとともに姿を現した。ピザは五等分されている。

使用人はテーブルを囲んだ五人の前に、それぞれ一セットずつ、料理を運んだ。ジュースの入ったグラスを一つ置く。サラダの入ったガラスの小鉢を一つ置く。空の小皿を一つ置く。そして空の小皿に、ピザを一ピース置く。これが五回行われたあと、使用人は部屋から出ていった。

「家内の作ったサラダとピザだ。いや、探偵を三人も呼んでおいて、パーティーっていうわけじゃないんだがね。せっかく来てもらったからには、おもてなししたくてな。どうぞ遠慮なく」

と依頼人。

緋山は姿勢を変えず、大人しく、だがはっきりと声を響かせた。

「国北さん、それで、依頼内容は？　三人揃ったあとにお聞かせ下さるということでしたが」

「ああ、始めるとしよう。だがその前に、今日はご足労かけてすまなかったな。その点を謝りたい。特に一番早く来てもらった三途川君には随分と待たせてしまった。すまない」

「いえいえ、自分が勝手に早く、お邪魔しただけのことで」

三途川はぺこりと頭を下げた。

「これから話す一件は――えへん――犯罪捜査に慣れた君たちにしたら、他愛もないことかもしれん。大騒ぎするほどのことではないかもしれん。が、平凡《へいぼん》な人生を送ってきた私からすればそうではない。慎重《しんちょう》に慎重を重ねて行動したいという私の気持ち、わかっていただきたい。電話で依頼内容を漏らさず、直接話したかったのもそのためだし、探偵を一人じゃなく三人雇ったのもそのためだ。

緋山君と三途川君は前から知りあいで、二人で仕事をしたこともあるらしいが、襟音君ははじめてのようだ。三重に防衛線を張った私の行動は不信として捉えられるかもしれんが許してほしい。とにかくなんとかしてほしい気持ち、どうすればいいのかわからんという混乱からきたものであって、他意はない」

依頼人は一呼吸置いた。緋山は間を許さなかった。

「それで？　依頼内容は？」

「脅迫状が届いたんだ。いや、殺害予告というべきかもしれん」

●　●　●

依頼人は口を閉じた。国北夫人は顔を俯《うつむ》けた。彼女は自分のピザをじっと凝視しているが、彼女の気がかりはピザにあるわけではなかろう。

三途川はそんな国北夫人を気遣ってだろうか、彼女同様に顔を俯け、沈痛《ちんつう》な面持ちで彼女のピザに視線を注いでいた。緋山もまた、今度は依頼人夫妻をせかすことなく、静かな間を大切にした。ママエは、二人の探偵の様子をきょろきょろと窺っている。

じきに、明るい声を出したものがいる。三途川だ。

「何、大丈夫ですよ。そんな暗い顔をしなくたって。殺害予告ならこれまで何十件と解決してきました。この事件が例外になるとは思えません。大体、大抵が本気の予告じゃありませんからね」

彼の自信に満ちた声が、夫人の表情に明るさを与えた。彼女は顔をあげて、

「頼もしいわね」

といった。夫人に褒められて三途川は喜色満面、にこにことした。彼は化粧品を売るセールスマンのような顔になり、

「任せて下さいな。今回も、そして今後も。困ったときはいつでもどうぞご相談下さい。あらためまして、こちらが連絡先です」

彼は席を立ち、夫人に名刺を渡した。わざとらしく声を潜めて、

「旦那さんの浮気とか、心配なことがあったら相談にのりますよ」

場を明るくするための、彼なりのジョークなのかも。夫人は三途川の名刺をテーブルの上に、丁寧に置いた。

緋山が咳払いをし、人々の注意を自分に集めた。

「三途川よ。宣伝もいいが、お二人にはすでに困っている問題があるんだから、まずはそっちを解決しないと」

「ああ、そうですね、そうでした」

三途川は大人しく席に座った。

そろそろ捜査を始めますよ、といった厳粛《げんしゅく》な表情で、緋山が簡単な質問を連続して放った。

「脅迫はいつ？　どのようにして？　心当たりは？　具体的な内容は？」

依頼人はこめかみを押さえ、口を開いた。

「二日前、木曜の夕方だ。無記名で封筒《ふうとう》に入れられ、郵便で届けられた。消印は地元で、水曜のものだ。文面を読んだ私はどうしたものか、一晩悩《なや》んだ。もちろんいたずらだと思った。私は命を狙《ねら》われるほどの重要人物じゃないからな。会社でのポジションはそれほど大したもんじゃなかった。

いたずらじゃなくともだ、そもそも、もう人生を十分に楽しんだのだ。そんなわけで放っておいてもいいかと思った。

だが、若い人には笑われるかな、不安が募《つの》ってね。一度不安になり始めると、転がる雪玉のようだったな。どんどん大きくなった。いたずらじゃない可能性を無視できなくなった。そうすると、やはり命が惜しくなった。それで、探偵を雇うべきだと判断した次第だ。

あともう一つ、些細なことだが、私には子も孫もいない。だからこれを機会に、君たちのような若い人と接するのもいいと思った。まあ、それで少々場違いながら家内も料理の腕をふるったというわけだね。

以上が依頼に至るまでの経緯だ。私は予告を受け取った翌日、君たちのところにそれぞれ電話をかけて、今日来てもらうことにした。ええと、それで、なんだったかな」

依頼人の話は前進ときどき脱線といった具合。

彼の目には緊張の色が表れていた。自分が命を狙われているという事実をあらためて口にすることで、不安な気持ちが強まっているのだろう。

しかし依頼人本人も触れていたが、はたして彼は命を狙われるほどの重要人物だろうか。しかも犯行予告？——ぼくは腕組みをした。不審な点が多い。

「心当たりと、内容です」

と緋山。答えたのは夫人であった。

「心当たりはありません。これっぽっちもありません。そりゃまァ、主人もですね、なんの罪もないほどの聖人君子ではありませんが、しかしですねえ。命を狙われるほどの心当たりはありませんよ。ねエ、あなた？

内容の方は、実に簡単でした。私も見せてもらいましたが、一字一句覚えていますよ。そのう……」

夫人がいいよどんだので、依頼人があとを継いだ。

「――国北よ、償《つぐな》いのときがきた。殺す――とだけ」

依頼人は胸ポケットからメモ帳を取りだし、三途川に渡した。三途川はそれを読んだあと、緋山に渡す。緋山が読んだあと、メモ帳を受け取ったママエは、自分の手帳にせっせとそれを書き写した。メモ帳は依頼人のもとに戻された。

「というわけで、あとはもう、私には何をどうすべきなのか、わからん。どうすればいいと思うかね」

「もちろん犯人を捕まえます」

と三途川。

「ああ。さっさと、そのふざけた野郎を引きずりだすべきだ」

と緋山。続けて依頼人に向かって、

「警察には？」

「まだです。それも皆さんに決めていただこう、と」

と夫人。緋山は、

「届けてもいいと思いますよ」

といった。

「そうですか」

夫人は落ち着きなく、手と手をこすった。

「たしかに届けてもいいでしょうが、逆にいえば、届けなくてもいいでしょうね。探偵が三人もいたら、文殊《もんじゅ》もびっくりですから」

これは三途川の意見。はたして逆にいっているのかいないのか、ぼくにはいまひとつわからない。

「そうですか――」

再び手をこする夫人。

「――あなたがたは、やはり、これはいたずらではない、とお思いで？」

間髪《かんはつ》容れず、緋山が、

「いたずらかもしれません。ただ、それにしても、それをあなたに送ったやつは引きずりだされてしかるべきです。常識ってやつを教えてやらないと」

「それで緋山君――」

三途川はしかつめらしい顔をし、人差し指をすっと伸ばした。指をくるくると回しながら、

「――あなたはここから、どのようなシナリオを想像しえますか？　いくつものシナリオに繋がりうると思うのですが」

と質問した。

まずはじめに緋山が提示したものは、三途川に対する、友好的というにはあまりに温かみに欠けた視線だった。先ほどからの態度から察するに、緋山は三途川が嫌いなのだろうか。同業者だからか？

続いて緋山は、いくつかの説を提示した。いたずら説、頭がおかしい説、逆恨み説。三途川は首を縦に振ったあと、自らも、金目当て説、人違い説、依頼人の妄想説、自作自演説などを唱えた。「警備のプランを立てる前に」という三途川の前置きのあと、二人はそれぞれの説に対して、真偽確認のすべや、派生する諸説に関する議論を交わし始めた。

緋山は三途川が嫌いなのかもしれないが、探偵としての腕や推理の持ち味は素直に評価しているようだった。「なるほど、その点についてはお前のいう通りだ」という言葉が随所で聞かれた。どうやら、緋山が行おうとしている分析は、三途川が行おうとしているそれに近いらしい。その意味では二人は理解者のように見えた。

そんな光景を見たぼくは唸らされた。――ふうむ、巷《ちまた》の探偵はこういう具合に事件捜査を進めるのか。可能性を論理的に展開していく巧《たく》みさには目を見張るものがある。勉強になるな。

一方、うちの探偵。

襟音ママエ。

彼女は二人の話に耳を傾けながら、新聞記者さながら、黙ってメモを取っている。取っているだけであった。取るだけで精一杯だった。やがてメモが追いつかなくなったのだろう、いじけたように、手帳の端にぐりぐりと黒い丸を描くだけになった。蚊《か》帳《や》の外。

しかしいつまでも蚊帳の外ではなかった。やがて、依頼人が口を開き、

「襟音君はどう思う？」

と、ママエに、二人の探偵の注意を向けたからだ。二人の探偵は、脇の少女も探偵であることをつい忘れていたようだった。それを表情に出さずにいることに、彼らは明らかに失敗していた。

思わぬところで（本来なら「思わぬところ」ってわけじゃないんだけどなー）視線を集めたママエは大きく深呼吸をした——そのとき、急に静かになったためか、部屋の外からタイマーの電子音がかすかに聞こえた——。

「あの、私は……」

「どういう方針を？」

と三途川。ママエは苦笑いしながら答えた。

「……とりあえず、その、トイレに……」

「は？」

鯉のように口をぽっかり開ける三途川。

「トイレに注目して捜査しましょう」、はたまた単に「トイレに行きたいです」。どちらにせよ、たしかに「は？」である。――しかしぼくにはわかる。ママエの主張は後者だし、彼女がそういいたいのも無理はない。彼女は、事件の真相をさっさと鏡に尋ねたいのだ。そのためにはトイレに入り、一人きりになる必要がある。

彼女がもう少し仕事熱心だったならば、ここに来るまでに、依頼内容を含む真相を鏡で調べていただろう。けれども、昨日はドラマの最終回と厳しい宿題が重なった。そのため、探偵業がおろそかになった。「どうせ明日教えてもらえるんだし」とは彼女の言。仮にドラマが最終回じゃなくて、宿題が厳しくなかったとしても、彼女はわざわざ鏡で調べるなんてしていなかっただろうが。

さて本来なら、「は？」に続き、ママエが恥《はじ》をかくような一場面があったのかもしれない。が、その場面はカットされた。トイレ発言に対する依頼人夫妻や緋山の反応を、ぼくが十分に観察する暇もなかった。

使用人が部屋に飛びこんできたからだ。

「大変です！」

真っ先に立ちあがったのは三途川。

「いかがされました！」

「その――」

使用人はそれだけ漏らしたあと、口をつぐみ、その続きを依頼人に耳打ちした。使用人を落ち着かせるため、依頼人は彼女の背を軽く叩いた。そのあと、三人の探偵に向かって、

「新しい犯行予告だ」

と伝えた。

「また郵便ですか」

と、腰をあげた緋山。

「いや、台所のテーブルの裏に、タイマーとともに貼られているそうだ」

三途川が眉をひそめた。

「タイマー？」

「そういえば、さっき、なんか電子音が鳴りましたね。あれですか」

と緋山。使用人は頷いた。緋山は、

「まだ触っていないでしょうね？　ぜひ見せて下さい」

とだけいい残し、ショルダーバッグを片手に、勢いよく部屋を飛びだした。使用人

が慌ててあとを追いかけ、依頼人と夫人もそれに続く。

ママエはあらたな展開に動揺しているのだろう、椅子に座ったままきょろきょろしていた。三途川は、見るに見かねてといった調子で、彼女に声をかけた。

「君！　君はいいのですか」

「え、あ」

「現場を見にいかないのですか！」

「いえ、もちろん私もッ」

ママエは部屋を出て、台所に向かって小走り。

鏡の視点も移動した。映像は、あくまでママエを中心にしている。

ママエが台所に到着するまで、ぼくは考えた。事件の経過と真相を、だ。――犯人の最終目的は？　動機は？　二通目の予告状が意味するものは？　先ほどの緋山と三途川の議論を踏まえつつ、自分なりに論理を積みあげる。が、明確な形状が浮きあがるわけではなかった。

屋敷にはいくつも部屋があったため、ママエは一度二度部屋を間違ったようであり、台所に着くまで少し時間がかかった。応接室は二階だったが、台所は一階であった。

どうやら部屋を間違えている間に、三途川には追い抜かれていたようだ。ママエが着いたとき、台所では二人の探偵が熱く意見を交わしていた。様子を見る限り、第二の予告状は、すでに緋山が持っている封筒の中にしまわれたようだ。

「これで、犯人を限定する条件が――」

「同一犯という仮定に対し、それを裏づけるための素材は――」

「――タイマーという小道具に着目――」

「――否定するための素材は――便乗《びんじょう》犯の条件は――」

「――警備に必要な人数は――」

「――今回のケースの特殊性――」

「――最小公倍数的な手立て――」

うんぬんかんぬん。ぼくは二人の議論に置いてけぼりをくらってしまった。もしメモを取っていたならば、メモの端にぐりぐりと黒丸を描くだけになっていただろう。

それで、うちの探偵は？

鏡の端に目を向けると、そこに彼女の姿があった。彼女は、台所の入り口に立ったままであるらしい。話に入れず、捜査にも入れず、ひとりぼっち。

ぼくはポーチからそっと顔を出し、辺りの様子を窺った。うわ、本当にひとりぼっちじゃないか。呆れた！

ぼくは上に顔を向けた。彼女も俯いたので、ぼくは彼女と目があった。彼女は力なく苦笑した。いたたまれなくなったぼくは目をそらし、鏡ごしではなく、じかに二人の探偵に視線を向けた。

緋山は、ショルダーバッグから試験管を取りだし、テーブル上に並べていた。ガラス棒でタイマーに粉を塗っている。驚いたことに、どうやら彼は鑑識《かんしき》の作業まで自力でできるようだ。

試験が終わったらしい。緋山は試験セットと、保管用の封筒をバッグにしまった。二人の探偵は、いったん応接室に戻ることにした。

ぼくはポーチに顔をひっこめた。再び鏡の映像で周囲の様子を知ることに。ママエは、一人で台所に残るわけにもいかず、みなと行動を共にした。

みなが応接室に揃うのと、三途川が説明を切りだすのとは同時だった。彼はピザをぱくつきつつ、ここまでの捜査結果を説明しはじめた。

もう解決したのか、とぼくは面食らったが、よくよく聞いてみるとなんのことはない。もっともらしい言葉を並べているものの、要するに、「さまざまな可能性があるので注意しましょう」というだけのことだった。しかし、これは致し方ないだろう。特に、二件目については先ほど事件が起きたばかりなのだから。

ちなみに、いろんな可能性があるものの、単純に考えるならば解釈は——第一の犯行予告状を送りつけた犯人が、再び脅《おど》しの意味で、第二の予告を実施。第一の予告状を送ったあと、この家に忍《しの》びこみ、タイマーとともに予告状をテーブル裏に貼りつける。タイマーが先ほど鳴り、いまに至る（件《くだん》のタイマーは数日前からセットできる機能を持っている）。予告状の表面にも裏面にも、タイマーのどこにも、指紋《しもん》なし。

——ということだそうだ。うんまあ、そうだろう。具が山盛りのピザをむしゃむしゃしながら、三途川が、

「それで、襟音さん」

と声をかけた。

「は、はい」

ママエは飛びあがった。

「先ほど、何かいいかけていませんでしたか」

「え」

「ほら、使用人の方が部屋に現れる前」

「あ……ああっ」

彼女は腰をあげた。

「あ、あの、私、トイレ！」

🍎 🍎 🍎

「あーもー。意ッ味わかんない」

トイレの個室に入るなり、ママエは噴火《ふんか》した。彼女は八つ当たりする対象を探した。が、手ごろなものはトイレットペーパーぐらいしかなかったようだ。なので彼女は、トイレットペーパーの次に手ごろなぼくに八つ当たりをした。ぼくを握り、ぶんぶんと振り回す。

「私、全然話についていけてないんだけど」

彼女は（廊下に漏れない程度の大きさの声で静かに）叫んだ。さらに、ぼくをトイレットペーパー置きの上に乱暴におろした。

「第二の予告状ぐらい見せてもらえよ。一応、一緒に捜査してんだからさ」

とぼくは助言した。

「一応？」

ママエにしては鋭い指摘だ。ぼくは何も答えず、肩をすくめた。ママエは膨れっ面で、

「あの二人がちゃっちゃかちゃっちゃか話を進めるからだよ、もー。私が部屋に入ったときにはもうタイマーの鑑識になってて、予告状は保管用の封筒に入れられてたもん。見られるわけないじゃん。そのあとはなんだかわけのわからない議論を熱心にやってて、入りにくい雰囲気だったしさ。

でもいいの、鏡に聞くからいいの」

彼女はポーチから鏡を出した。

「ドドソベリイドドソドベリイ！

鏡や鏡、第二の犯行予告状を見せてちょうだいな」

鏡に、一枚の紙が映された。新聞の切り抜きを貼りあわせて作られた文面。「国北よ、かくごできたか」。

「うーん、なるほど」

と、特になんの気もなく、素朴《そぼく》な感想を漏らしたぼくに、ママエが食ってかかった。

「へん、何がなるほどなのよ、わかったふりしちゃってさ」

二人の探偵から受けたジャブのせいで、彼女のご機嫌は大きく斜めに傾いているのだ。

「別に何がなるほどってわけじゃないけどさ。でも、やっぱ百聞は一見にしかず。現物――厳密には現物じゃなくて鏡の映像だけど――を見たら、見なかったときよりも理解が深まるよ」

「へー。ほー。たとえば？」

「えーと、ほらほら、この『かくご』ってとこ、犯人はきっと、漢字を見つけるのが手間だと思って、ひらがなにしたんだ。紙の色から判断するに、新聞の切り抜きだからね」

「で、だから？」

「もし第一の予告状も新聞の切り抜きだったならば、『国北』ってのは、二度登場したことになる。二度目は探す手間が省けただろうな」

「で？」

「仮に第一の予告状も切り抜きで作られていたとして、さらに、一通目の『国北』が漢字で、かつ、二通目の『国北』が同じところからの切り抜きだったならば、そんときは、犯人は同じ新聞を二部買ったことになる。拾ったのかもしれないけど」

「で、で？」

「ちなみに、一通目の予告状も切り抜き？　メモ取ってたでしょ」

「わかんないよ。依頼人のメモ帳には手書きで書かれていたけど、それは依頼人が書き写したやつだから。切り抜きを書き写したのか、手書きを書き写したのか、わかんない。切り抜きじゃなくて、プリンターで作ったのかもしれないし。漢字かひらがなかってのは、こうだったけど——」

ママエは手帳を見せてくれた。「国北よ、償いの時が来た。殺す」。

「——で？」

「……それだけ」

「ふふん！」

ママエは嘲笑《ちょうしょう》した。ぼくに向かっての嘲笑だが、ともすれば、ぼくの背後に緋山と三途川の姿を想像しているのかもしれない。

「はい、あんたの番はそれでおしまいね。次は私のばーん——


ドドソベリイドソドベリイ！

鏡や鏡、
犯人はだアれ？」

核心《かくしん》にずぶり。単刀が直入された。

「はいはい、負けましたよ。勝てるわけないじゃん」

「よしよし、愛《う》いやつ」

ママエは指先で、ぼくの頭を撫でた。が、すぐに、その指が止まった。ママエの喉《のど》から、

「げ」

と野太い声。鏡に目を向けたぼくも、同様の声を漏らす。

鏡の中では、見たことのある顔が映しだされていたからだ。彼はほほえんでいた。ほほえみからは、牙《きば》のような八重歯《やえば》が覗いていた。切れ長の目をいっそう細めている。が、瞳の奥では、まるで何かが光っているようだった。先ほどまで本人がしゃべっているのを見ていただけに、いまにも鏡の中から話しかけられそうな錯覚《さっかく》を起こした。

鏡に映っているのは、三途川理探偵なのだった。

ママエは頭を抱え、

「やっぱ、意ッ味わかんない！」

といった。それにはぼくも同意。

先ほどまでぼくは、二人の探偵に対し、いい意味で普通じゃないという印象を受けていた。が、こうなった以上、二人のうち少なくとも三途川については、いい意味が完全に悪い意味にすりかわってしまった。

おっと、忘れちゃならない！　いまの問題はなんだった。もう忘れたのか、イングラム。いまの問題は殺害予告だ！

ただのいたずらかもしれないし、普通ならそう捉えていただろう。しかしいまの場合、それは楽観では？　悪い意味で普通じゃないんだから、最悪の場合を想定しなければ。ぼくは、なかば意識的に、また、なかば無意識的に、ぶるりと震えた。

「頭抱えている場合じゃないぞっ」

「えっ」

ママエは自分の頭から手を離した。ぼくは鏡に向かって、

「ドドソベリイドソドベリイ！

鏡や鏡、

こいつは何を企《たくら》んでいるのか！」

鏡は答えた。

「三途川理は自作自演を企んでいます。自分で起こした事件を自分で解決することで、探偵としての業績をあげつつ、報酬を得ることができるのです。

依頼人の妻を毒殺したのち、

『依頼人の命を狙っていたのは奥さんだった。しかし奥さんのしかけた毒は、とんだ手違いで彼女自身に回ってきてしまった』

と主張する予定です」

最悪の場合を想定して大正解。

ぼくは鏡に問いかけた。

「ドドソベリイドソドベリイ！

鏡や鏡、

毒はもう!?　まだ!?」

ママエはぼくを再び握った。だが、今度は八つ当たりのためではない。恐怖のためだ。彼女の手は小刻みに震えていた——。

これまで、彼女が関わった事件で人が死んだことはない。すでに犠牲者《ぎせいしゃ》が出た事件を持ちこんできた依頼人は過去にいたが、それは数年前の事件で、なかば迷宮入りしていたものだった。人が死んだばかりの事件や、現在進行形で人が殺されようとしている事件は、ママエの事務所に持ちこまれたことがなかった。

鏡の回答のあと、ママエの反応は素早かった。電気ショックで身体がぶっとぶのとおんなじような感じ。精神的ショックがママエの身体を突き動かしたのだろう。彼女はぼくをポーチに押しこみ、トイレから飛びだした。ポーチの中は上に下に、ひっくり返るような大揺れに見舞《みま》われた。

というのは、鏡が次のように真実を告げたからだ。

「——もう、です。夫人に対し、すでに毒はしかけられています」

ぼくは反射的に叫んだ。

「あの、ピザだ！」

ぼくはポーチの中の鏡ごしに外の様子を観察していた。トイレを飛びだしたママエはあのあと、応接室に飛びこみ、とにかくピザを捨てろと主張した。

ギリギリセーフであった。ママエが応接室に飛びこんだのは、ちょうど夫人がピザを手にしたときだった。ただ手にしただけで、口をつけていなかった。あと一歩遅れていたら、ピザは彼女の口に放りこまれていたかもしれない。すんでのところだ。

ママエの主張があまりに熱心だったので、緋山が科学的な分析《ぶんせき》を行うことになった。

彼のショルダーバッグから、ビーカーと試薬の瓶《びん》がテーブルの上に並べられた。ビーカーに夫人のピザが入れられ、続いて液状の試薬が口付近までなみなみと注がれた。緋山がガラス棒で中をかき混ぜる。一見、ピザを薬で溶《と》かしているだけのようにも見える。が、違う。これは審判《しんぱん》なのだ。

ガラス棒でかき混ぜているうち、試薬はどぎつい赤色になった。

「陽性だ」

緋山がガラス棒から手を離した。

「彼女のいっていることは本当だ」

洗面所で夫人は念入りに手を洗った。彼女は部屋に戻ってきたあと、依頼人と揃って頭を下げ、ママエに感謝の言葉を、しつこいぐらいに捧《ささ》げた。感謝を表すための言葉を列挙したリストを読み上げているのかと思うぐらい、二人の口からありとあらゆる感謝の言葉が次々流れ出た。

「ちっ」

三途川が舌打ちをし、大真面目に、

「これで、単なるいたずらじゃないってことがわかったわけですね。一刻も早く犯人を捕まえないと」

といってのけた。てめえがやったんだろう！　ぼくは、おかしみにも似た慄《おのの》きに身を震わせた。

早速、ママエが切りだした。三途川の鼻先を指さしたのである。三途川は目を中央に寄せ、おどけた顔を作った。

「おや。襟音さん、この指はなんですか」

「あなたです！」

ママエはきっぱりと断言した。ほかの人々が、その五文字の意味を飲みこむには、数秒かかった。彼らはみな、息を飲んだ。ただ緋山だけは、息を飲んだあと、慌てたように試験セットに再び手をかけた。夫人以外の四人のピザに対し、先ほど同様の作業をし始めたのだ。

三途川はなおもおどけた。

「この指はあなたじゃないでしょう。人差し指ですから、お母さんですよ」

「あなたが犯人です！」

依頼人は喉仏《のどぼとけ》を盛大に動かした。夫人は大きく息を吸いこんだ。緋山は三途川とママエに耳だけ向け、試験セットをかちゃかちゃと鳴らし続けた。ぼくは心の中でママエを応援した。

ママエは、三途川こそがピザに毒薬をしかけた張本人である、と主張した。「依頼人の命を狙っていたのは奥さんだった。しかし奥さんのしかけた毒は、とんだ手違いで彼女自身に回ってきてしまった」というニセの解決を行って報酬と業績を稼《かせ》ぐことが動機だと説明した。依頼人夫妻は、信じられないものを見るように、ママエと三途川と、陽性反応を示した試薬の入ったビーカーとを見比べていた。

説明を終えたママエの顔は上気していた。

三途川は舌舐《したな》めずりをし、

「いってくれますねえ、襟音さん」

と、一言。

その一言が断固とした反論の前置きであることは、彼の目が攻撃的な光に満ちていることから、たやすく予想できた。

「あなたの主張は反論するのも馬鹿馬鹿しいほど幼稚《ようち》だが、まあいい、反論させていただきましょう。こちらから尋ねたいのは主に二つ。
1）この名探偵三途川理（と、この男は恥ずかしげもなく自称した）が毒をしかけたという証拠はあるのか？
2）あなたのいうニセの国北夫人犯人説および手違い説とは具体的にどういうものなのか？
特に1が説明されない限り、どうにもこうにもお話になりません。あなたも探偵なら、そのぐらいのことは押さえておかないと駄目です。ねえ、そうでしょう。そう思いませんか、皆さん」

三途川は、ほかの三人に呼びかけた。緋山はママエを睨み、

「そうだ。その点に関しては、あの野郎の言い分が正しいぞ。お前さんはその点にま

ったく触れていない。さらに、さらにだ――」

「さらに……なんですか、緋山さん」

ママエは心細そうに尋ねた。

緋山の前には、色の変わっていないビーカーが四つ並んでいた。

「――夫人以外のピザに毒は入っていない」

「だから？」

とママエ。いけない、これじゃ話にならない。三途川は隙ありといわんばかりに、攻撃を加えた。実際、隙だらけだからなあ。

「もうお忘れですか、襟音さん。ピザを配ったのは使用人の方でした！　もし、あなたが犯人呼ばわりするこの名探偵自身に毒が回ってきたらどうするんですか。どうするつもりだったと、あなたは主張するのでしょうか。説明してほしいもんですね。またですよ、あなたはニセの国北夫人犯人説および手違い説なんていうやけにひねったことをいっていますが、そもそも夫人に毒入りピザが回るかどうかわからないのに、何をいっているんですか、え？　ひねったことをいえばいいってもんじゃないですよ。蛇口《じゃぐち》じゃないんですから、ひねっても何もでてきませんよ」

さすがにここまでいわれれば、ママエも自身の不備に気づいたようだ。ばつの悪そうな顔を見せ、依頼人夫妻に目を向けた。

夫人もまた困ったように、

「そうねえ、あなた、どうして三途川君が犯人だと思うの」

と一言。ママエは口をぱくぱく。三途川は余裕のある口ぶりで、

「あんまり度がすぎるとですよ、襟音さん。名誉棄損《めいよきそん》というものもあるんですから
ね、どうかお忘れなく」

「ト、ト、ト」

おかしな鳴き方をする鶏《にわとり》が部屋に紛れこんだわけではない。ママエだ。三途川は
眉をひそめた。

「ん？」

「トイレ、行ってきますッ」

「またですか」

三途川はいやらしい笑みを浮かべた。夫人が顔を暗くし、

「大丈夫《だいじょうぶ》？あなたのピザにも何か変なものが入っていたんじゃ……」

「違います。私、緊張するとトイレが近くなるんです。みんなそうだと思いますけ
ど、私は特にひどくて……」

●　●　●

そんなわけで、またもやトイレの中。

「失敗しちゃった……」

と、しょげているママエを、ぼくはなぐさめないわけにはいかなかった。

「仕方ないってば。さっきのは、とにかくピザを捨てさせることが何にもまして優先されてしかるべきだったよ。失敗じゃないさ、成功だ。これから、これから！」

ママエはぼくの頭を撫でた。それから、

「ドドソベリイドソドベリイ！
鏡や鏡、
三途川理を捕まえるためにはどうすればいいの」
鏡は答えた。
「三途川理は自分の犯行が証明されないよう動いています。ですから、犯行を証明することは難しいでしょう。しかし捕まえるだけならば比較的簡単です。彼の胸ポケットに名刺が入っていますが、その中の何枚かには毒が塗られています。それを状況証拠として押さえることで、ひとまず、彼を重要参考人にするだけの説得力が得られます」

「げ」

野太い声がママエの喉から再び。彼女は自分の財布から、先ほどもらった名刺を取りだした。

「ドドソベリイドソドベリイ！

鏡や鏡、

じゃあこれにも毒が？」

鏡、曰く、

「いいえ、塗られていません。彼は、毒を付着させた名刺とそうでない名刺を二つにわけて持っており、状況に応じて使い分けています。本日配られた名刺のうち、毒を付着させたものは、国北夫人がもらったものだけです」

ぼくは二つの光景を、具体的に思いだしていた。——三途川が夫人に名刺を渡した場面と、夫人がピザを手で摑んでいた場面だ。

前者。

――名刺は長方形だ。下半分にだけ毒を塗っておけば、器用に上半分を持つことにより、自分は毒に触れないまま、相手に渡すことができる。しかもあのときは――そう、たしか、ピザが配られたあとだ！　ピザが配られたのを見て、「状況に応じて」毒つき名刺を渡したってことか。

後者。

――本来、毒はピザについていたのではなく、あとから夫人の指についた。彼女がピザを摑んだ時点で、一部がピザにも付着したというわけだ。そもそも名刺から指に付着させることが目的の毒だ。触れたものに付着しやすい性質を持っているのであろう。

さらに、ぼくは緋山の試薬を思いだした。彼は夫人のピザを溶かし、毒の有無を調べた。だから、ピザのどの部分に毒があったか、わからなかったのである。別の試験でやれば、ちょうど夫人の指の形に毒が付着していることがわかったかもしれないが。

っていうことを、ぼくはママエに解説し、ついでに、

「あとさ、三途川は緋山と前から知りあいだったっていうからね、緋山が毒の有無を

調べる試験がどんなものか、予想できたのかもしれない。だから、指の形に毒がついていたことがその場では判明しないってことまで、予想できたのかも。その辺はあんまり重要ではないかもしれないけどさ。

それから、二通目の予告状。三途川は緋山よりも早くここにきていたっていうから、セットするチャンスがいっぱいあったんだろうね」

「あいつ、あらためてろくでもないやつだ!」

ママエは名刺を破り、便器に放り入れた。便器の中で、名刺はあっという間に溶けてしまった。彼女は続いての質問を。

「ドドソベリイドソドベリイ!

鏡や鏡、

三途川理が主張しようとしていたニセの解決は具体的にどのようなものなの?」

鏡に映像が映された。黒地をバックに、いくつかの赤丸が一つの大きな円に囲まれている。ただし、円は白線で描かれ、五等分されている。

ママエが、

「何これ」

と一言漏らした。

「ピザじゃない？　きっと」

「これは、先ほど出されたピザの模式図です——」

と鏡。ぼくは、ほらね、といってやった。

続けて、鏡は真相を告げた。——のであるが、これがまたおそろしくややこしい代物であった。

ぼくは話を聞いていて、途中で目を回した。鏡がここまでこみいった回答をするのを見るのは、はじめてである。ママエは途中で気を失いそうになった。無理もない。

鏡はなんの感情もこもっていない声で、次のように説明した。

「——七十二度の中心角を持った五つの扇形は、ピザを表現しています。その中に散らばった赤丸は、サラミを表現しています。

ニセの解決はA『国北夫人が犯人であった』という話と、B『毒が手違いで夫人自身にしかけられてしまった』という話の二段階で構成されています。

まずは、A『国北夫人が犯人であった』について説明します。

三途川の主張は『毒はサラミに塗られていた』という仮説にもとづきます。夫人はピザの上に盛られたサラミの一つだけに毒を塗っておいた、ということになるはずでした。ただし、そのサラミには切りこみをつけるという形で、目印がつけられています。目印のことを頭に入れて目を向ければはっきりとわかるが、そうでない限り気づかれないほどの、些細な目印です。

また、夫人はタイマーを、午後三時から少しあと——すなわち三時半にセットしたことにされるはずでした。午後三時とは、あなた、襟音ママエがこの屋敷に到着する予定の時間であり、午後三時半とはピザがみなに配られた直後と予想される時刻のことです。部屋の中にいることで、夫人は、人々がピザに手をつける時間を様子見しつつ、ある程度調整することができます。ピザを持ってくる時間を使用人にいって変更することもできますし、人々の話に話題を振って時間稼ぎすることもできるのです。実際にはそんな必要はなかったが、と三途川は主張するつもりでした。

ピザが配られた直後、タイマーが鳴ります。これは見かけ上、犯行予告のためのタイマーでしたが、この仮説ではそれ以上の働きを持っています。人々をいったん部屋から離れさせるという働きです。

そして、タイマーに関するごたごたが一段落ついたあと、夫人は一足先に部屋に戻り、目印つきのサラミを夫のピザのサラミと交換するのです。計画段階では、部屋を最後に出るという手や、途中でこっそり戻るという手も候補にありました。

これでしかけは完了です。この方法であれば、ピザがどのように配られようとも必ず夫のピザに毒が盛られます。

サラミではなくピザそのものに毒をしかけても同様のことができますが、その場合、ピザそのものを交換しなければなりません。交換に気づかれやすくなってしまうのです。

なお当然ですが、毒つきサラミを盛られたピザがはじめから夫の前に置かれていた場合、夫人は何もする必要がありません。また、サラミを交換するのに使った手と反対の手でなら、自分のピザを食べることができます――」

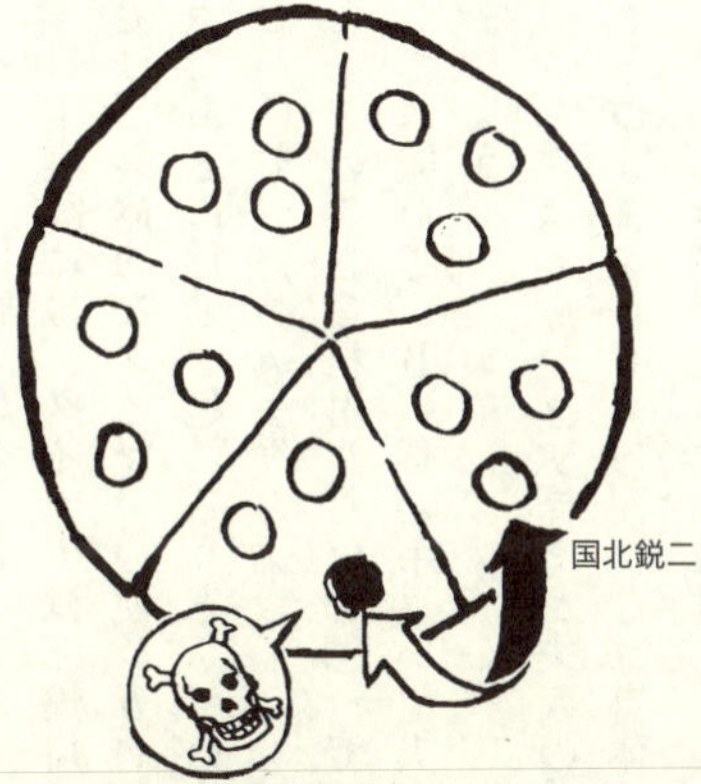

【FIG1】架空の犯行計画

上図では、国北鋭二の左隣に毒つきサラミを盛られたピザが配られたとしている。実際には、どこに毒つきサラミが配られても対応できる。

鏡に映された模式図は説明に応じて変形した。

まず、五つの扇形のうち一つの傍《そば》に、「国北鋭二」という名が現れた。次に、その扇形ではない別の扇形に含まれる赤丸の一つに異変が起きた。傍に「毒」という文字が現れたのだ。依頼人の名前つき扇形に含まれる赤丸一つと、毒つき赤丸は、点滅しながら移動し、入れ替わった（【ＦＩＧＩ】参照）。

そして、依頼人の名前に大きくバッテン！

「――実際には、タイマーは三途川によってしかけられたわけですが、しかけた時点では、具体的なタイマーの使い方が決められていませんでした。しかし彼は、全員揃ったあとに行動を起こそうとしていました。ですからひとまず、三時半にタイマーをしかけていたのです。タイマーにみなが気を取られているあいだに何かできると考え、このことを利用したいと思っていたのでした。

では続いて、B『毒が手違いで夫人自身にしかけられてしまった』について説明しましょう。

こちらは『毒つきサラミが夫人の前に置かれたピザに盛られていた』という仮説にもとづきます。もちろん、これ自体は手違いとはいえません。Aで話した計画をそのまま遂行《すいこう》することができます。

手違いは『使用人がピザを切る際、あるいは部屋に運ぶ際、ピザの上でサラミがひっくり返った』という点でした。

ピザの生地の上にサラミが直置《じか》きされていたなら、ひっくり返ることはほとんど考えられませんが、いまの場合、具が山盛りです。そのため傾斜《けいしゃ》があり、ピザを切るときや運ぶとき、ひっくり返る場合があるのです。台所が一階で、応接室が二階なので、階段をあがるときにピザが大きく上下に揺れることもあるでしょう。

ひっくり返ったため、サラミの毒は下の具に付着しました。塗り直されたともいえます。サラミに塗られた毒はむしろ、十分に少なくなりました。サラミは毒性を失いました。

そうと知らない夫人はサラミを交換するだけで、毒が夫に移ったものと勘違いしました。そして、自分の前にあるピザを食べたのです。毒性は自分のピザに移っているにもかかわらず、です。夫人は自分でしかけた毒にやられてしまいました――ということを三途川は主張するつもりでした。

以上、A、Bが、三途川の主張しようとしていた説です。すべて架空の話です。事実は、三途川の手渡した名刺に毒が塗られていただけです。ただし、触れたものに付着しやすいという毒の性質は実際と同じです。

なお、ピザの上の具がひっくり返っていたというのも事実です。ピザが部屋に運ばれたとき、夫人のピザにその痕跡《こんせき》が残っていました。三途川は夫人に名刺を渡す直前、夫人のピザをじっと観察しました。そのとき、この事実に気がつき、うまく利用しようとしたのです」

鏡の中では、毒つきサラミらしき模式図が現れたのち、画面が上下に揺れた。そして、くるっとひっくり返る（【FIG2】参照）。そのあと暗転。――目を回しながらも、ぼくはなんとか一連の論理を頭で整理することができた。

【FIG2】架空のアクシデント

ふう。鏡や鏡、お疲れさん。

気を失いそうになってふらふらしていたママエは、鏡を持ったまま、もう片方の手で頭をかきむしった。

「んぎゃああ！　ややこしい！」

今回ばかりはぼくも同感だ。ややこしい……。だが、ここでめげてはならない。ぼくは、

「がんばらなきゃッ」

と、ママエを励ました。彼女は歯ぎしりをしたあと、

「——いまの話にでてくる架空の犯行もややこしいし、実際に行われた犯行もややこしい。だから、いまからみんなの前でしなくちゃいけない説明もややこしいじゃない！　ああもうなんなのあいつ。本当に蛇口じゃないのよ、ひねればいいってもんじゃないのよ！」

「でもさ——」

これからの一戦を予期し、ぼくは忠告せずにはいられない。

「――あの三途川ってやつはさ、そのややこしい論理を頭の中だけで組みあげたわけだろ。この程度でひいひいいってたら大変だぞ」

「わかってるよ、だからいまから整理すんの」

彼女はポーチに鏡をしまった。手帳にペンを走らせ、ぶつぶつと呟きながら、いまの話をおさらいし始めた。この辺り、やはりママエは真面目だ。やることはちゃんとやろうとする。

ママエが呟く姿を見つつ、ぼくは三途川について考えた。あのろくでなしの武器は、頭の回転の速さだな――それがぼくの評価だ。まだ摑みきれないところは多いが、これまでの印象を総合すると、その評価で大外れってことはなさそうだ。鏡ははじめに、

「三途川理は自分の犯行が証明されないよう動いています。ですから、犯行を証明することは難しいでしょう」

と前置きしたが、その通りだろう。こっちがせっかく証明しようとしても、きっとその場で何らかの機転を利かし、逃げ道を用意するに違いない。

いまの「ややこしい」話に、手帳とペン抜きでは立ち向かえないママエは、はたして大丈夫だろうか。しっぺ返しをくらわないだろうか。――ぼくの中に小さな暗闇が生まれた。不安という暗がり。失態を予感させる闇。心配。が、光がさしてきて、暗

闇はすぐにかき消された。——光のもとを辿ると、無論、鏡である。

鏡があるんだから大丈夫。こっちはいわば、ゴールまでワープできるんだ。あいつがいくら頭をハイスピードで回転させたところで、ワープには敵《かな》いっこない。ぼくは心配するのをやめた。

ママエは、論理を辿る途中、何度も躓《つまず》いた。そのたびにぼくが教えてやった。家庭教師と生徒のやり取りみたいだった。整理し終えるのに五分かかった。整理するだけじゃ駄目だ。覚えなくちゃいけない。覚えるのに、また五分かかった。

暗記を終えたママエは腕まくりをした。

「よーし、行ってくる」

リベンジ開始！


「——ということでありますッ」

ママエは説明を終えた。彼女は肩で息をしていた。汗だくだくであった。論理を展開している本人が、話の筋を追うのに一番疲れているのである。

彼女の話に一番驚いているのは、意外にも緋山だった。ママエが部屋に戻ったとき、彼は「銀行強盗逮捕」の新聞を何やら熱心に読んでいたが、彼女が口を開くやいなや、新聞を脇にどけ、熱心な態度で彼女の話を聞いていた。ママエの論が次第に形をとり始めるにつれ、若干ではあるものの、彼の顔から血の気が引いていった。

かくして、彼女が話を終えたいま、彼は口を半開きにしたまま、何かを考えていた。口を半開きにしているのは、依頼人夫妻も同じだったが、二人は驚いているというより、呆然《ぼうぜん》としていた。

三途川は話の始めから終わりまで、ずっと笑みを浮かべていた。

ママエはとどめのブロー、

「ですから三途川さん、胸ポケットの名刺を出して下さい。いますぐにです。そして緋山さん、それをここで調べて下さい」

緋山は半開きだった口を閉じた。そして、もう一度口を開き、言葉を繰りだした。

「たとえ毒が検出されたとしても、それがそのまま、こいつが犯人って確証にはならない。だが、状況は大きく変わる。非常に大きく、だ。状況証拠さえない無根拠の状態を脱することができる。毒が同じ成分なら尚更《なおさら》だ――」

ぼくは、彼がママエに加勢しているものと思い、喜んだ。しかしそんな彼が、

「だが――」

と続けたので身構えた。緋山は、三途川を一瞥《いちべつ》したのち、

「――だが……」

と、もう一度。

とにもかくにも、ママエの要求は実行された。三途川は上着を脱ぎ、ママエに放り投げた。ママエは上着の胸ポケットから取りだした名刺入れを、慎重に、緋山に渡した。緋山は試験セットを活躍させた。

緋山はママエよりも徹底的だった。夫人がテーブルの上に置いた名刺も試験の対象にした。

さらに、化学反応に必要な時間が経過するまでの間、彼は三途川のポケットや手荷物をチェックした。問題の名刺を隠していないか、と考えたのであろう。この辺り、さすがであり、ママエとは違う。

化学反応に要される時間が経過した。

試薬はママエを裏切った。緋山は気の毒そうに首を横に振り、手元の新聞に目を落とした。

すべての名刺に毒はなかった。

夫人の前に置かれた名刺にも、である。

三途川はママエにウインクした。

「で、なんだっけ」

「……トイレです」

「またあ？」

「……………すみません」

「トイレは休み時間に済ませておかなきゃ」

「……………すみません」

ママエは吠《ほ》えながら、ぼくをマラカスのように振った。八つ当たりである。

「なんで？　どうして！」

「心当たりはないわけじゃない――」

ぼくは、ママエの顔を見あげて説明した。

「――緋山が何かを気にかけてただろう。きっとあれだよ。たぶんぼくたちが部屋にいない間、三途川は何かやったんだ。それが証拠隠滅《いんめつ》になったんだ」

「ドドソベリイドソドベリイ！
鏡や鏡、
そうなの？
ちゃんと具体的に教えて！」

鏡が答えた。

「そうです。三途川はあなたたちが部屋にいない間に――」

「いない間に、何をしたの！」

ママエが吠えた。ぼくは神経を研《と》ぎ澄ました。

鏡の告げた真実はあっさりしていた。


「――トイレに行ったのです」


ぼくは思わず笑った。ぼくたちが何度もトイレに行ってんのにあいつが行っちゃいけないって法はないもんな。あいつの場合は「休み時間」に行ったわけだしなあ！

鏡は続けた。

「彼の名刺は水に溶けやすい素材でできています。なので、トイレに流してもつまる心配がないのです」

そういえば、ママエが三途川の名刺を便器の中に放り入れたとき、名刺はすぐに溶けたっけ。

「また、夫人の前に置かれた名刺からも毒が出ませんでしたが、これは、タイマー騒動のときに彼が毒なしのものとすり替えたからです。二通目の予告状騒動のとき、彼は一番最後に応接室を出ました。なので、人目につかず、すり替えを行うことができたのです。以上が答えです」

なお、ここには、この鏡が未来を予言できないっていう性質も一つ絡《から》んでいる。ママエが「捕まえるためにはどうすればいいの」と聞いたときには、おそらく、三途川はまだトイレに立っていなかったのだろう。ややもすれば、トイレに立つという作戦を考えてもいなかったのかもしれない。

だから、その時点においてはたしかに「胸ポケットの名刺を押さえる」で正解なのだ。おまけによく考えてみると、この回答は、夫人の前に置かれた名刺がすでにすり替えられ、毒つきのものではなくなっていることさえ暗示しているではないか。

ママエはあのあと、AやらBやら長い話を聞き、その上、話の整理と暗記に時間を食った。あの間に三途川が作戦を立て実行したのだから、そりゃこうなっても仕方がない。状況が変わったのだから答えも変わったのだ。あのあとでもう一度聞き直せば、違った答えが聞けたのだろうが、それは、答えを知った者の語る結果論にすぎない。

ママエにこれらを話すと、彼女は、

「まったく！　もたもたしていたから！」

と、頬を膨らませ、ぼくをポーチにダンクシュートした。ぼくは慌ててママエに待ったをかけようとしたが、すぐさま、チャックが閉じられた。ママエが廊下を走っているのだろう、ポーチの中が大きく揺れた。ぼくが体勢を立て直す前に、ドアの開閉される音がポーチの中まで響いた。すでに応接室の中のようだ。

困ったやつめ！

「――ということでありますッッ」

ママエ、会心の一撃。

依頼人夫妻の心には響いたようだが、緋山、三途川にはそうではないようだ。二人は次に続くママエの言葉を待っていた。これだけで説明が終わるはずはないといった顔をしていた。

けれども、ママエの説明はこれで終わりなのだ。だから、困ったやつだというのだ！

「いや、ですからね――」

三途川が、諭《さと》すようにして反論した。

「――推論を発表なさるのはいいんですよ。そこに唯一性が保証されていないのも、まァ我慢できます。あなたもご存じのように――いやご存じなさそうですね――なんだかんだいっても探偵って大抵そんなもんですから。立場が立場なので反論はしますけどね。

しかしそれにしても、ひとまず土俵を用意してもらわないことには何も始まりません。あなたの推論は一体なんの証拠にもとづいてるんで？　トイレに行ったって事実のみ？　それじゃ土俵になりませんよ。

あなたの話を聞いていると、単に、何がなんでもこの名探偵三途川理を犯人にしたい、ってことしか伝わらないのですよ。それ以上のものではないのです――」

三途川は依頼人夫妻に向かって、

「――ねえ、そう思いませんか」

と尋ねた。依頼人夫妻は頷かざるをえないようだった。

証拠も手がかりもないのに話だけ進めてしまうのは、ママエの弱点であった。ちなみに、三途川が行うはずだったニセの推理も、ママエの推理同様、証拠の部分に触れられていなかった。しかしそれは、三途川があの時点でまだ用意していなかっただけなのかもしれない。彼のことだから、実際にべらべらしゃべるときまでに何かしかけていたのだろう。この辺りの意識の差がママエと違っていそうだ。

ママエはしゅんとした。

「あの……」

「はい」

「……またトイレに……」

「またあ！」

三途川は口を尖らせた。

「襟音さん、あなた、何回トイレに行けば気が済むんですか。いい加減にしないと、今度からあなたのこと、便所《べんじょ》探偵って呼びますよ。いや、こんな推理じゃ正直なところ、探偵って呼ぶのも気が引けるといわせていただきましょう。だから便所探偵でさえありません。便所です！」

「うー……」

「この、便所！」

「まァまァ——」

と、緋山が間に入った。

「――女の子なんだし……」

「女の子だから何？」

「ほら、いろいろと……」

三途川は座ったまま、ふんぞりかえり、ママエに向かって、

「便所じゃなくて便所探偵になりたいんなら、もう少しマシな発想で話を進めていただきたいものです。たとえば、ここにお前の指紋がついているのはおかしいだろう、お前が犯人なんじゃないか、とかね。緋山君がご苦労なことに、指紋を判別するための道具も持っているんですから。

　そういう具合に話を進めてもらったら、こちらも、いやいやここに指紋がついているのは、などといった返しができるというのに。ネ、そもそも探偵というのはですよ、もっといえば名探偵というのはですよ、論理の枠組みと現場の物証とを――」

などといいながら、三途川は〈名探偵講義〉を始めた。当然ながら、彼の偉そうな態度にママエは不服である様子。彼女はトイレへ行くため、適当に話に区切りをつけさせようとしていたが、二度三度、それに失敗した。彼女はついに、三途川を放っといてトイレに行こうとしたようだが、そうした行動に出る直前、眉を寄せた。何かに気づいた様子である。

ママエは手帳を広げ、手帳のページと三途川の顔を見比べる。彼女の表情は、珍しく宿題を自力でやろうというときのそれになっていた。探偵であることをあまりに否定されたため、少しは自分でやってやろうとしているのであろう。

「ひょっとして……」

と、彼女は呟いた。

「緋山さん。二通目の予告状の文字の裏、指紋取っていないんじゃありませんか？」

「ん？」

緋山はまばたきした。

「予告状は活字の切り抜きでしたよね。あの切り抜きの、それぞれの裏の指紋です。もしあそこに指紋があったら、どうですか。もしあったら、証拠として強力なんじゃないですか？」

「ああ、そういえば調べてないな……」

「ね、ほら！」

ママエは手帳をポーチにしまい、胸を張った。

「ああ……」

「私だって、このぐらい考えることができるんですよ。ぜひ、調べてみて下さいな。ないかもしれないけど、もしあったら……」

その途端、部屋に奇妙な音声が響いた。

恐怖に満ちた絶叫のようでもあり、ヒステリックな怒りに満ちた金切声のようでもあった。鳥の鳴き声のようでもあり、コンピュータの電子音のようでもあった。が、実際には笑い声であった。――三途川理の笑い声であった。

「襟音ママエ、かわいいお馬鹿さん！」


せっかく探偵らしいことをしようとしていたママエは、案の定、むっとした。

「失礼ですね。どういうこと？」

「それはこちらが聞きたいですよ。二通目の予告状が切り抜きだってことを、あなた、どうして知っているんですか」

た、い、い、か、い、い、る、ん、

「え、そりゃ」

そこで、ママエは言葉につまった。大切な赤ん坊を抱きしめるように、手でこっそりとポーチを覆う。ぼくと、鏡が入った、このポーチを。

「それは……現場で見たから……」

「嘘ばっかりィ。この名探偵三途川理は見逃していませんよ、忘れていませんよ！あなたが現場に足を踏みいれたのは、緋山君が予告状を封筒にしまったあとです！」

そういえば、ママエはそんなことをいっていたっけ……。もちろん、ぼくたちは実際には鏡を通してそれを見たのである。しかし、そんなことはいえたことではない。

ママエは顔を俯け、床に向かって弁解した。

「そんなこと……ないですよ……」

「緋山君、どうですか？」

人々の注目はママエの小さな身体に集中していたが、三途川の一言で、いっせいに緋山に向けられた。緋山は苦い顔をしていた。その言葉も苦々しく、

「公平を欠いた発言は避《さ》けたい。はっきりいおう。この野郎のいっていることは正しい。あんたが部屋に入ったのは、二通目の予告状をおれが封筒にしまったあとだ」

三途川は笑い声らしからぬ笑い声を一つあげたのち、

「襟音さん、わかりましたか。これが名探偵ってもんですよ。あなたの目と違ってね、我々の目はそういう些細な光景をビデオカメラのごとく、網膜《もうまく》に焼きつけておくことができるんです。

さあ、どういう弁解が聞けるんですかね。たしかに、このようなうっかりは、あなたを牢獄《ろうごく》に入れるだけの強力な証拠とはいえないかもしれませんが、あなたの心証を悪くしますし、我々が納得するまで、あなたに質問をぶつけるための正当な理由になりますよ。さあ、弁解は！」

「……そういえば、直接見たんじゃなくて……」

「直接でなく？」

「…………」

「さあ、さあ！」

「…………」

いまの事態は疑う余地なく、ママエが探偵をやってきた中で最大のピンチであった。

だが、ぼくは頭を抱えた。

ぼくが本格的に頭を抱えたのは、次の事態を迎えてからだった。

「ところで襟音さん――」

三途川は椅子から立ちあがった。ママエに歩み寄り、細い腕を鷲掴《わしづか》みにした。青ざめたママエの顔が、よりいっそう青くなった。彼女は三途川を弱々しく睨みつつ、ちらりちらりとポーチを気にしていた。

その様子を見た三途川が自分の勘に確信を得たのだろう。とんでもないことをいいだした。

「――さっきからポーチを随分と気にかけますね。何か見られると困るものでも入っているんですか」

ママエから生気が失せていった。もはや、立つのがやっとというありさま。彼女の腕を摑んだ三途川の手に力が増す。

ぼくはポーチの中で、息を潜めた。

ポーチの中身、すなわち鏡（と、ついでにぼくの存在も！）を知られることは避けなければならない。譲歩《じょうほ》し、こっちの世界の人間に知られることがあろうとも、教える相手は選ばねばならない。無論、三途川は候補にさえ挙がらない男である。だが、先ほど三途川の身体検査に近いことをやった手前、このままではポーチの中を検査されるかもしれない。鏡の不可思議な機能に気づかなければどうということないのだが……。

先ほど、三途川は、

「たとえば、ここにお前の指紋がついているのはおかしいだろう、お前が犯人なんじゃないか、とかね」

と意味ありげなことをいっていた。もしかしたら彼はママエが何か特殊な方法で、一足飛びに情報を得ていることを疑っているのかもしれない（というより、そりゃまあ、疑うよなあ……）。それで、ひっかけるためにわざとあんな発言をしたのだろうか。

ぼくは万一に備え、強硬手段《きょうこう》を思案し始めた。ひとまず事態の収拾は置いておき、状況を一掃してしまうべきか。でも、どうやって？　ぼくがポーチから飛びだし、鏡を持って一目散にどこかに逃げる？　でもそれじゃ、結局解決にならないような……。

——などと考え始めたが、さいわいにも、ぼくがそういった行為に出る前に救いの手が差し伸べられた。

緋山である。

「いい加減にしとけ、三途川」

「いえいえ、緋山君。こいつは、先ほどから不自然なほどトイレに行きたがり、自分の方がよっぽど怪しいというのに、他人を犯人呼ばわりしてやまないんですからね。このぐらいの強い姿勢で、容疑をそっくりそのままお返ししなくちゃ——」

「二通目の予告状が切り抜きであると予想できたのは、たぶん、こいつのお蔭だろうよ」

緋山は何かを床に投げ捨てた。

ばらばらになり、山となったそれの持つ意味は、ぼくにはわからなかった。緋山を除くみなも、その表情を見る限り、意味を摑みかねているようだった。かの三途川を含めて。

緋山が投げ捨てたのは、彼の手元にあった新聞だった。

三途川がふしぎそうに目を細めた。新聞を投げ捨てた緋山は、今度は、それの持つ意味を吐き捨てるような調子でつけ加えた。

「それはおれの名前が出ている新聞だが、同時に、予告状が切り抜きであることを知った捜査陣が注目すべき新聞でもある。なぜなら、一通目の予告状は、

『国北よ、償いの時が来た。殺す』

という文面だが、このうち、ひらがなと句読点を脇に置いておくと、残るは当然、『国』、『北』、『償』、『時』、『来』、『殺』という漢字になるからだ。このうち、『償』という字は新聞の紙面から探しだすのが比較的難しい。本来なら、という一言を添えておこうかな。というのも、いまの我々には、この文字を見たとき、真っ先に連想しなければならない時事があるからだ。

○×物産における損害賠償異例判決だ。わかるだろう？　賠償の『償』は償いの『償』だ。

そして、注意すべきは日付。第一の予告状には水曜の消印があった。一方、○×物産における損害賠償異例判決がはじめて記事となったのも水曜。ならば、第一の予告

状の活字は、その水曜の新聞から切り抜かれたのではないかと考えるのが妥当だ。さらに、同じ新聞から他の字も切り抜かれたのではないかという仮説を立て、実際に探してみようとすることの、一体どこが不自然なものか。

以上の筋立てより、もしも一通目の予告状が切り抜きだと知ったならば、水曜の新聞から予告状にある文字を探してみようという発想が自然に生まれるといっていい。であるからして、逆に、熱心に水曜の新聞を読み返しているおれの姿を見て、

『緋山は一通目の予告状が切り抜きだという前提を、なんらかの形で得て、切り抜きの文字を探しているのかもしれない』

と思うのもまた、さして不自然ではない。ここで続けて思い返したいことがあって、それは、我々三人が誰も一通目の予告状を見ていないという事実だ。このため、我々は三人が三人とも、一通目が切り抜きであることを観察していない。そんなわけで、彼女は、

『見てないのに、なんで、一通目が切り抜きだと思っているのかな』

という疑問を抱くことができ、その流れで、

『そうか、二通目が切り抜きだったからだ』

という仮説を立てることができるのだ。もちろん、仮説は仮説だ。正しいとは限らない。けれども、この仮説を前提に推理を進めるあまり、うっかり、自分が直接に二

通目の予告状を見たかのような発言をしてしまうことはありえるだろう。特に彼女が
――」

緋山はここで一度言葉を切り、皮肉をこめた声で、次の言葉を強調した。

「――名探偵ならね」

こじつけだ。しかし、いま必要とされているこじつけである。

三途川が口を開きかけたが、彼の口から言葉がこぼれる前に、ママエが、

「そうなんですっ！」

と、声を張りあげた。真っ青な顔のまま、笑い顔を装い、

「いやあ私ったら、自分の推理をすっかり忘れちゃって。えへへ」

といった。三途川はママエの腕から手を離したものの、今度は、

「襟音さん、いまの推理、自分の言葉でもういっぺん説明してみて下さい。どうもあなたは――」

といいだした。これまたママエのピンチになったのかもしれないが、その先はぶっ切りにされた。実は、ぼくが頭を抱えていたのと同様、もしくはそれ以上に、依頼人が先ほどから頭を抱えていたのだ。

「もういいだろう！」

依頼人の一言。三人の探偵は仲よく揃って、依頼人の顔色に注意を向けた。依頼人

はもう一度、

「もういいだろう」

といった。

「旺盛な仕事っぷりには感謝申しあげる。ただ、正直申しあげると、私にはなんだか、あなたがたの捜査そのものが何かの火種になりそうに思えてならない。欲張って同時に三人も雇った私に非があるのかもしれない。いや、きっとそうなんだろう、私に非があるのだ。

大変申し訳なかった。各々、自由に捜査をしてもらえば、私の満足する成果を見せてくれそうだ。しかし船頭《せんどう》が多すぎるのであろう。もともとは放っておこうと思っていた事件。一一〇番という、本来真っ先にかけるべき電話もまだだ。事態はまだ何も収まっていないが、あなたがた三人には、ここらでお引き取り願いたい。もちろん、依頼料は払わせていただく。なんならキャンセル料相当を加えてもいい」

依頼人が頭を下げた。夫人も続けて頭を下げる。三人の探偵は三人が三人とも何もいえなかったが、ただ一人三途川だけが悔しそうに歯ぎしりをしていた。


このようにして、探偵は三人とも引き下がることになった。

その際、緋山とママエだけが部屋にいる時間が一瞬生まれた。そのとき、彼が小さな声でママエに忠告したのを、ぼくは聞き逃さなかった。

「お前さん、裏でどんな妙《みょう》なことをしているのか知らないが、完全に食われてる。これに懲《こ》りて反省することだな」

——つづく

最初から王座と無縁《むえん》の身であれば、話は別だったでしょう。たとえ王家の一員であっても、「次の王は私だわ」なんていう勘違いをしなければ、こうはならなかったでしょう。しかしダイナは不幸にも、そんな勘違いを数ヵ月にわたってしてしまったのでした。本当、かわいそうですね。——あれ？　でも彼女、ころんでもただでは起きないみたいですよ？

彼女はおろしたての赤い靴を履き、鏡の前に立ちました。そして鏡に向かって、

「ドドソベリイドソドベリイ！
鏡や鏡。壁にかかっている鏡よ。
この赤い靴を買ったのはだぁれ？」

と尋ねました。

「城の見張りです」

鏡は、城の見張りの姿を映しました。

「ふふ。そう、私じゃないのね」

「あなたではありませんね」

ダイナは靴のかかとをトントンとならし、踊り始めました。

「いける、いけるわ！」

マルガレーテ暗殺！

彼女の頭の中にあるのは、その計画です！

暗殺計画は、ダイナによるものでしたが、一方で、彼女の手によるものではなく、また、彼女の手によるものであってはならない、ともいえました。ダイナはもう引き返せませんでした。王座への思いはひっこみがつかなくなっていたのです。彼女はごく自然に、疑うことなく、

「どうすれば、マルガレーテではなく、自分が王になれるか」

を考え、結果、マルガレーテ暗殺計画に至ったのでした。

この計画のポイントは、彼女が直接手を下してはならない、ということです。ダイナとしては本来なら、マルガレーテに自分の手で毒の一つや二つ盛りたいところでしょう。ですが、そうはいきません。なぜなら、そんなことをすると、人を殺したという理由でダイナが王候補から外れてしまうからです。人知れず巧妙に毒を盛ったとしても同じこと。儀式でなされる鏡への質問、

「ドドソベリイドソドベリイ！

鏡や鏡。王家に伝わる鏡よ。

新王にふさわしいのは誰か、その名を答えよ！」


で対象外と判断されてしまいます。

鏡に罪を見抜かれるのです。

もちろん、どこまでが罪で、どこから罪でないかは難しい問題でしょう。しかし、いまは「王候補から外れるほどの罪」かどうかだけが重要です。ダイナはそこのところに注目し、さまざまな文献をあたりました。さらに自らも鏡にあれやこれやと尋ね、すなわちいくつかの実験を通し、おおよその見当をつけることに成功しました。

結論はこうです、

「実行犯にならなければ大丈夫」。

先ほどの靴のおつかいも、この結論に矛盾《むじゅん》しませんね。靴を買ったのはたしかに見張りでしたが、見張りにお金を渡して買いにいかせたのはダイナでした。にもかかわらず、「靴を買ったのは誰か?」という質問に対し、鏡は「城の見張り」と答えたのです。実験成功。だからダイナは喜んで踊ったのです。

たしかに「本当に彼の意志で買ったの?」とか、「お金を出したのは?」とか、「もっと詳しく」とか、そのように質問を続ければ、鏡の答えにダイナの名も出てくるかもしれません。

しかし、そんなことはどうでもいいのです。

儀式における例の質問さえクリアすればいいのです。戴冠式で鏡が使われるのは、あの場面一度きり。戴冠式のあとはすぐさま鏡はこの部屋に戻されます。以降、ダイナ以外の者が使う機会はありません。つまり、戴冠式のあの場面さえクリアすれば、何もかもがうまくいくのです。

殺人を依頼するだけであればセーフ。そのことは文献で知ることができましたし、実際、鏡もそう答えました。戴冠式で馬脚《ばきゃく》を現すなんてことにはなりません。

どうでしょうか。

問題ありませんね!

「あとは誰に依頼するか、という問題だけだわ」

ダイナはあごに細い指を当て、部屋の隅に目を向けました。そのあと、鏡に視線を

戻して、

「ドドソベリイドソドベリイ！
鏡や鏡。壁にかかっている鏡よ。
マルガレーテが死んだら喜ぶ人、
私のほかに誰かいるかしら？」

と尋ねたのです。
まばゆい光ののち、鏡が映したのは、

第二部

リンゴをどうぞ

「わしは」アブナーが答えた。「神が推理力などという幼稚な能力に頼る必要があるとは、とうてい考えられない。よく考えてみれば、推理力というのは、あくまで人間特有の資質であることがわかるはずだ。推理力というのは、真実を知らない人間が、一歩、一歩、歩を進めてやっと真実を見つける手だてなのだ」

メルヴィル・デイヴィスン・ポースト『藁人形』

「白雪姫のやつ、どうしたって、ころさないではおくものか。たとえ、わたしの命がなくなっても、そうしてやるのだ。」と、大きな声でいいました。それからすぐ、女王さまは、まだだれもはいったことのない、はなれたひみつのへやにいって、そこで、毒の上に毒をぬった一つのリンゴをこさえました。

グリム『白雪姫』

第一幕　私が殺したい少女

――虚栄心はどんな殺人犯にでもつきものだが、毒殺犯人の場合は、それが強烈な自尊心にまで高められておる。知性、容貌、挙措、人を欺く能力、なにからなにまでが自慢の種なのだ。そしてなによりも、芝居気がつよい。自己宣伝屋といったらよいかな。

ジョン・ディクスン・カー『緑のカプセルの謎』

マルガレーテ・マリア・マックアンドリュー・エリオットこと襟音《えりおと》ママエが暮らす世界にやってきたダイナは、襟音探偵事務所のすぐ近所にあるホテルに部屋を借りた（ダイナの世界「あちらの世界」と三途川《さんずのかわ》の世界「こちらの世界」とは、そのふしぎな経路さえ知っていれば、一晩で行き来ができる〉。そして、三途川探偵事務所に電話をかけ、「マルガレーテが死ぬと喜ぶ人間」である私立探偵三途川理《ことわり》を呼びだしたのであった。

三途川はダイナ同様、英語に堪能《たんのう》であった。二人の会話は英語で行われた。

「こんなインチキを使ってたのか、あんの小娘め！」

三途川は鏡を睨んだ。

まるで鏡の中の自分とにらめっこしているように。

〈なんでも知ることのできる鏡〉の存在をダイナから知らされた三途川は、すぐにその話を信じたわけではなかった。しかし、三途川はマルガレーテと一緒に仕事をしたとき、「何か裏がある」という確信だけは得ていたようだ。そのため、ダイナが自分の話に信憑性《しんぴょうせい》を持たせる作業は思っていたよりも簡単に済んだ。彼女は向こうの世界から持ってきた鏡を三途川に見せ、いくつか実演を行う必要に迫られたが、それだけで十分だった。

鏡は、胸から上が一度に映るぐらいの大きさ。こちらの世界に運びだすには少々難があったが、持ってきて大正解だった。三途川に話を信じさせるのにも早速役立ったし、これからの作戦遂行にも役立ちそうだ。なんといっても、驚いたことに、マルガレーテも〈なんでも知ることのできる鏡〉を持っているのだから。

ちなみに、三途川に実演してみせたのは、

「ドドソベリイドドソドベリイ！

鏡や鏡。

三途川理が考えていることを映しだして！」

というものだった。

そのとき映しだされたのは、まず、ダイナの姿。続いて、ダイナが話のはじめに見せた小切手。そこに並んだゼロの数。

そして、マルガレーテの姿。数日前に行われた共同捜査。トイレに名刺を全部捨てる三途川自身の姿。毒の有無を試薬でチェックする赤毛の青年。

鏡の前で、三途川が悔しそうに叫んだ。

「頭の中が筒抜けだと？　ふざけやがって！　くそたれ！」

これを機に、鏡の中に三途川本人の姿が二つ現れた。一人がもう一人に向かって、「頭の中を覗かれるなんて恥だ！」、「何も考えるな！」、「心を無にしろ！」などという聞かせる。実際の三途川はいつのまにか床に座禅を組み、目を瞑ったまま、歯ぎしりをしていた。

しかし無念無想の境地には達しかねたようであり、ところどころ、三途川の記憶であろうさまざまな男女の姿や、奇妙な屋敷が映しだされた。ほかにも、わけのわからない風景写真、わけのわからない幾何学模様、わけのわからない記号、わけのわからない音楽——すべて三途川の頭の中で展開されているものなのだろう。三途川は、

「鏡の力はわかりましたから！　もうやめて下さい！」

と泣く泣くお願いをするようになった。

若い探偵の慌てふためく姿が面白くなったダイナはしばらくそのままでいた。だがそのうち、三途川の方で映像をコントロールできるようになったらしい。

「ええい！　よくもやってくれましたね、お返しですよッ」

という威勢のいい声が、鏡から聞こえた。そして、鏡にはおそろしいものが映しだされるようになった。殺人現場の光景。死体。臓器。生首。——どれもこれも、三途川が意図的に頭の中に描いた映像であるようだ（想像か実際の記憶かは知らないが）。

今度はダイナが慌てふためく番だった。彼女は、

「ドドソベリイドソドベリイ！」

と叫んだ。この一言で、鏡は映像を流すのをストップさせたのであった。

部屋に静けさが戻った。三途川の笑い声が響いた。ダイナは気を落ち着かせるのに苦労した。

「なんてもの見せるのよ。心臓に悪いじゃない！」

「けけけ、いい気味ですよ。勝手に頭ン中覗いたのが悪いんです」

――と、このようなことがあって、三途川は鏡のふしぎな機能を信じてくれるようになったのである。

ふしぎな鏡の話。

ふしぎな世界の話。

新王戴冠式まであと一週間ということ。

襟音ママエことマルガレーテの正体。

彼女を暗殺せねばならない理由。

彼女の存在を知るものは城にいないということ。

秘密裡《ひみつり》に事を済ませば、なんの騒ぎにもならないということ。

彼女はこちら同様、鏡を持っているということ。

しかし、自分が王家の血筋をひくとは知らないこと。

三途川探偵事務所に彼女の暗殺を依頼しにきたということ。

すべての話を聞いてくれた。

「――というわけで名探偵さん。お願いね。お礼は弾むわ」

ダイナはソファに、三途川は椅子に座っている。探偵の肘は机に置かれており、そこには、ダイナの差しだした小切手と、探偵の手帳と鉛筆が置かれていた。

探偵はふんぞり返って、唸った。

「本来なら殺し屋に頼む話ですね――」

といったあと、あごを掻きながら、ダイナの差しだした小切手を見下ろした。

「――しかし、やってもいいでしょう。やってもいいですが……ただ、この小切手、ゼロを書き忘れていませんか」

探偵のいっている意味に気づいたダイナは唇を噛み、ソファから立ちあがった。

――私、殺し屋に当ててはないのよね……。

彼女は机に歩み寄り、ホテルの万年筆で小切手に丸を描きたした。額は十倍になった。

「書き忘れたのは、一つだけ？」

「うっ」

ダイナが自由に使えるお金にも限度がある。彼女は別のスイッチを押してみることにした。探偵の質問に答える代わりに、鏡に向かって問うた。

「ドドソベリイドソドベリイ！
マルガレーテと三途川理、
どっちの方が名探偵？」

鏡は、

「マルガレーテです」

と一言。

いうまでもなく、マルガレーテが持っている鏡の力を考慮しての回答だろう。しかし、三途川は過敏に反応した。

彼が勢いよく立ちあがったので、椅子が床に転がった。彼は顔を真っ赤にし、頭から湯気を立てている。湯沸し器のようになった彼は、机に置かれた湯呑みを手にした。が、お湯をいれるためではない。彼は湯呑みを握った拳を振りあげた。

探偵が鏡に湯呑みを投げつけようしているのに気づき、ダイナは慌てて、彼の腕を摑んだ。

「駄目、駄目！　この鏡は割れたら、ただの鏡になっちゃうわ」

彼は抵抗することなく、湯呑みを机の上に戻した。椅子を立たせて、腰をおろす。鉛筆を片手でくるくると激しく回しながら、

「小娘のくせに……インチキのくせに……」

と呟く。そのあと、鉛筆を口に咥え、がりっと噛み砕いてしまった。彼はダイナの目を見あげ、きっぱりといった。

「いいでしょう。やりましょう」

ダイナは胸を撫でおろした。「マルガレーテが死ぬと喜ぶ人間」を鏡に推薦してもらった甲斐があったというものだ。鏡で殺し屋を探すことも可能だったが、それよりも、こっちの方がいいだろう。お金だけの力で動かすより御しやすい。

「やる気になってくれたのね？」

「ええ。ママエだかマルガレーテだか知りませんがね、たしかにあの小娘は目障りですからね」

「そう、目障りよ」

「まったくもってね！」

でも、こっちのスイッチ、ちょっと敏感すぎない？　――ダイナは、逆に、少し心配になった。とはいえ、まずは目算通りといっていいだろう。

ダイナはソファに戻った。探偵は鉛筆のかけらをぺっと床に吐き捨てた。こうし

て、三途川探偵を使ってのマルガレーテ暗殺計画が幕を開けたのである。

　はじめに行われたのは、探偵による鏡の分析であった。

「さっきの、ドドソうんたらってのは、なんです？」

　というのが、真っ先に出た質問。

　マルガレーテと比較されたときは湯沸し器みたいになってしまった探偵だが、もう、その余韻はない。分析はほとんど感情を交えず、淡々と行われた。鏡が回答するときと同じような調子である。

　探偵の積極的な質問に、ダイナは喜んで答えた。

「ドドソベリイドソドベリイという呪文のことね。鏡の回答をリセットさせる呪文なのよ。鏡が何かを回答している途中でも、ああいえば、リセットしてくれるの」

「いわないと、回答をやめないんですか？」

「そんなことないわ。鏡がこれで回答が十分と判断したところでやめるの。でも新しい質問を投げかけるときには、前の回答が終わってないと駄目なのよ。だから、念のためっていうか、習慣としてね、鏡に質問するときは呪文を唱えるわけ。ただ、回答を中断させる必要なんて滅多にないけど」

　探偵は、短くなった鉛筆でメモを取り、

「ふむ、そういうことでしたか。では、次に気になることですが――」

といい、次の質問に移った。探偵による鏡の分析は、こんな調子で続けられた。彼の質問はすべて、こちらの世界にない鏡の力を、合理的な存在に落としこむためのものだった。

例としては、
Q）鏡への質問かそうでないかはどこでわかれる？
A）質問者の頭の中を鏡が読み取る。質問の意味もそこで補完される。ちなみに、電話ごしでも鏡に質問できるが、そのときも質問者の頭の中を鏡が読み取る。
Q）鏡に対応する言語は？
A）世界中、どこの言語でも。質問に使われた言語と同じ言語で回答が行われる。
Q）鏡を使った未来予知は可能？
A）できなくはないが、あくまでもシミュレーション。シミュレーションの結果を聞いた人があらたに判断して起こす行動などが加味されていない。あまり当てにしない方がいい。

Q）なぜ、マルガレーテ・マリア・マックアンドリュー・エリオットこと、襟音ママエも鏡を持っている？

ダイナは頷いた。

「うん。私も鏡で彼女の近況を聞いたときに知ってね、びっくりしたのよ。まさかこの鏡とおんなじ能力の鏡を持っているなんて！」

探偵は先ほど噛み砕いた鉛筆の破片が口の中にまだ残っているらしく、ぺっぺっと床に唾を吐きつつ、質問を続ける。

「その鏡と同じ能力の鏡は、あなたの世界に一枚、これっきりのはずなんでしょう？どうして、あいつも持ってるんです」

このことは、マルガレーテが王家の血をひいていることと深い関係があった。手っ取り早くいうと、彼女の母親であり、城のあちこちの部屋を掃除していた女性が、この鏡の一部を割り、マルガレーテに遺品として残したのである。

先ほどダイナが口にした通り、普通に鏡を割ると機能まで失われ、本当に鏡が壊れるだけだ。しかし、特別な儀式を通して鏡を割ったときには機能がそれぞれ保全される（ということはすべて、鏡自身が教えてくれたのだが）。

「つまり、儀式によって、この鏡も二枚、三枚にできるんでしょうか」

「できるわ。でも、駄目。儀式は何週間とかかるのよ。そんなに待ってる暇ないの。あと一週間で戴冠式本番なんだから。

必要ならこの鏡を使っていいから、それでなんとかやっつけてよ。あなたならできるでしょ？　私、鏡を通して、あなたのこれまでの活躍をいろいろ調べたのよ。あなたはなんて聡明なんでしょうね。今回も必ず成功するわ」

ダイナはここぞとばかり、褒めちぎった。探偵はふてくされ気味に、

「でも、探偵としては、小娘の方が上らしいですけど」

「マルガレーテが、鏡を持っているからにすぎないわ。そんなの、あなたにもわかってるでしょう？　今回に限っては、あなたも鏡を使えるんだから、例外になる。鏡を使ってよし。当然、あなたの聡明な頭脳も使ってよし。向かうところ敵なしよ！」

鏡を横目で見て、口を尖らせる探偵。ダイナはソファから立ちあがり、彼の手を優しく撫でた。

「今回の計画が達成されれば襟音ママエなんていう、本来こちらの世界にあってはならない反則の名探偵は、道理に従い、この世から消えるわ。そのためにも…………ね？」

レンタルした振袖《ふりそで》を身にまとった名探偵襟音ママエは、鏡に向かって小声で尋ねた。

「ドドソベリイドソドベリイ！

いま引いたら、おみくじは何もらえる？」

「中吉です」

「うーん、いまいち」

彼女のポーチの中であぐらをかいていたぼくは、顔だけだし、

「そんなことしたら、おみくじの意味ないじゃん」

といってやった。

「あるよ！」

とママエ。台の向こうに座った巫女《みこ》さんが、

「あの、おみくじ、いらないんですか？」

とママエに声をかけた。ぼくが視界に入っていない彼女は、不審げな表情だ（視界に入ったら入ったで不審げな表情だろうが）。ママエは手を横に振った。

「あ、はい。いまはちょっと……」

「はあ……。じゃ、後ろの方、お先にどうぞ」

巫女さんは、ママエの後ろに並んだ高校生風のカップルにおみくじを一つずつ手渡した。すかさずママエ、

「ドドソベリイドソドベリイ！　いま引いたら、おみくじは何が出る？」

鏡が、

「大吉です」

と答えたもんだから、ママエは巫女さんが、

「後ろの方、どうぞ」

と、自分を飛ばすのを制した。

「ちょっと待って、待って！　私、並んでましたー。私の方が先ですう。引きまーす」

「はあ……」

「いいですよね？」

「はあ、どうぞ」

ママエが巫女さんからもらったおみくじは——なんと、まさかの、驚愕《きょうがく》の、ところがどっこい、どうしてどうして——大吉だった！

「馬鹿馬鹿しい！」

ぼくは頭をかきむしった。しかし、ママエはご機嫌な様子。

「願事よし、学問よし、健康よし、恋愛よし。なくしもの、見つかる。待ち人、来たる。何事もうまくいきます。自信を持って、積極的に新しいことに挑戦しましょう。——やったね！」

「やったね、じゃないだろ！　ズルっこだ！」

彼女にズルの意識はないようだ。鼻歌を歌いながら、おみくじを木の枝に結んだ。

「何。人事を尽くして天命を待つ、ってもんよ」

事務所に戻ってからは、電話で三つの依頼が舞いこんだ。

落としものを探してほしいが二つ、迷子になったペットを探してほしいが一つ。いうまでもなく、ママエはチョチョイのチョイっと、ドドソベリイのドソドベリイっと鏡に質問し、三つともさっさと解決してやった。落としものの場所を告げ、ペットの居場所を告げてやったのだ。三人とも、推理の過程がどうのこうのというタイプじゃなかったので、それで話が済んだ。数日以内に銀行口座にお金が振りこまれる手筈《てはず》。ママエが事件を三つ解決している間にご飯が炊《た》け、お鍋《なべ》のホワイトシチューがぐつぐついいだしたので、ぼくたちはテーブルに夕食を並べた。そして手をあわせ、声を揃えて、

「「いただきまーす」」

つまり、いつも通りの平和な日々を過ごしていたのであった。

そんなある日の朝のこと、

襟音探偵事務所に一つの宅配便が届けられた——

🍎　🍎　🍎

ダイナは暗殺成功のときまでこちらの世界に滞在し、探偵をサポートするつもりでいる。

依頼を承諾《しょうだく》した三途川は、早速、ダイナと同じホテルに部屋を借りた。経費はダイ

ナ持ち。ダイナの部屋で本格的な作戦会議が行われた。

ダイナは探偵に感心した。彼をマルガレーテ暗殺計画に引きいれたのは彼女にとって正解だった。彼をホテルに呼びだしたあとすぐにわかったことだが、彼は独特な思考体系を持っていた。

その思考体系は、彼にとって「ふしぎな」はずである鏡を前にしても、決して臆《おく》することがなかった。むしろ新鮮さに反応し、水を得た魚のようにアクティブになった感さえある。ダイナや鏡そのものに質問して得られた回答をまとめた手帳のページは真っ黒になった。ダイナ。メモ帳の一ページを真っ黒にした彼は、次のページをめくった。そして、真っ白なページをテーブルの上に広げて、

「毒殺にしましょう」

と提案した。

「毒殺……」

彼女は探偵の目を見つめ、計画の詳細説明を無言のうちに催促《さいそく》した。

三途川は持参したトランクを床に寝かせ、蓋《ふた》を開けた。中には名刺入れやトランシーバーなど、雑多なものが入っていた。三途川はそのうち、小さな薬瓶を手にした。

「先日、襟音ママエらと共同捜査したときにも使用した毒薬です。即効性を気にいっ

て愛用しています。これをですね……そうですね……おせんべい……じゃ、毒混入時に袋を開けなくちゃ駄目だから厄介ですか……この季節だから……お餅《もち》は……加熱されるとまずいかもしれませんね………だったら、リンゴとか……リンゴは……うんうん……

……うん、リンゴ。いいですね！　リンゴにしましょう。リンゴの箱づめを買ってきて、その中のいくつかに注射しておくのです」

ダイナは頷いた。

「それをあなたが手渡すのね」

「馬鹿な！」

三途川は鼻で笑った。テーブルの上に置いた鉛筆を指で弾き、くるくると回す。

「あなたは元の世界に高飛びすれば、それでハイサヨナラかもしれませんがね。こっちは違うんですよ」

「じゃあ、私が渡すの？　たしかに、毒をいれたのがあくまでもあなただったら、実行犯じゃないからって鏡の目をごまかすことができるかもしれないけど。渡したというだけで、私が殺したわけじゃないから……ええっ？　でも、むしろあなたより実行犯っていう見方もできるわね。あやういわねえ、本当に大丈夫かしら」

「違います」

「どう違うの」

「宅配便で届ければいいんです」

「あっそうね。無記名にするのね」

「いいえ――」

再び、鉛筆くるくる。探偵が自分を馬鹿にしているようにも見える――そんな印象をダイナは受けた。

「――無記名だと襟音ママエが不審に思うかもしれません」

「ハア、たしかにそうかもしれない。そしたら食べてくれないかもしれないわね」

鉛筆がもう一度指で弾かれた。

テーブルから鉛筆が転げ落ちた。

探偵は低い声で、

「甘いですよ」

といった。

「甘い？」

「リンゴのように甘いです！　いいですか？　不審に思われるってことは、我々が崖《がけ》っぷちに立たされるってことですよ。だって、そうでしょう。

もし襟音ママエのやつが、

『ドドソベリイドソドベリイ！
鏡さん、鏡さん、教えて下さい。
このリンゴは誰から送られてきたの？』

なァんて鏡に尋ねたら、どうします？」

三途川の意識に、鏡への質問という前提がなかったためだろう。ホテルの部屋にかけた鏡は反応しなかった。

ダイナの心の中に、これまで覚えたことのない感情、これまで感じたことのない何かが姿を現した。その何かは嫌な臭いを強烈に放ち、ダイナの心の中で「思いしったか、相手も鏡を持っているっていうのはこういうことなんだぞ！」と叫んだ。ダイナは唾を飲み、気を奮いたたせた。——でも仕方ないじゃない。私、いまさら戻れないの！

探偵は説明を続けた。声の高さは元に戻っていた。

「鏡は当然、この三途川理めのことを告げるでしょうね。あるいは、さっさとあなたのことを告げるかもしれません。いずれにせよ、襟音ママエは自分の命が狙われているると知るわけです。そしたら、いかに彼女が探偵としての使命感や行動力に欠けたガキだといえども、自分自身の身が安全になるまでこの件を追及するでしょう。イモヅル式にすべてがあらわになります。こちらの世界であれば、鏡のお告げなんて証拠になりやしませんが、あちらの世界ではどうなんです？　襟音ママエがあちらの世界にいき、あなたの行動を公表したらどうなんです？　よく知りませんがね、こちらの世界のようにはいかないのではないでしょうか」

「まずいわ……大変にまずいわ……」

あちらの世界では、鏡の証言は動かぬ証拠として扱われる。王位継承どころではない。

こちらの世界だけで事件が完結しているときは、あちらの世界の警察機構や司法機関は関与しない。しかし今回のケースは、舞台こそこちらの世界だが、あちらの世界の人間であるダイナが深く関わっているため、鏡の証言がまともに取りあげられてしまう（この点で、三途川とマルガレーテが知りあいになった事件とは一線を画す）。

「そもそもですね——

『ドドソベリイドドソドベリイ！
鏡さん鏡さん、
どうして私、命狙われてるの？』

――これで、アウトではありませんか？　彼女は自分が王家の人間だと知り、続けて諸々の背景を知るのです。彼女が自分の家系に気がついていないこと、王位継承なるドラマのメインキャストである事実に気がついていないことが、いまどれほど我々を楽にしてくれていることでしょうか。我々に大きく味方してくれているその土台が消えてしまうわけです」

「まずいわね」

「そう、まずいのです。毒リンゴのようにまずいのです。なので、無記名にやしません」

「じゃあ、どうするのよ」

三途川は顔を横に向け、

「ドドソベリイドドソドベリイ！

襟音ママエにリンゴを送っても自然に思われる人であり、

かつ、三途川理がいま存在を知らない人は、
たとえば誰？」

と声をはりあげた。視線の先にあるのは、壁にかかった鏡。鏡は答えた。

「たとえば、緑川俊夫という男がいます。彼の実家は青森にあり——」

三途川は鏡の回答を遮り、

「ドドソベリイドソドベリイ！

そいつと襟音ママエの関係は？」

「緑川は高校の教師をしていますが、以前、『腕時計を取り返してほしい』という依頼を襟音探偵事務所に持ちこんだのです。そのときの解決を彼は心から喜びました。今年のはじめ、襟音探偵事務所に年賀状を出し——」

「ドドソベリイドソドベリイ！

そいつと襟音ママエ、二人のうちどちらかが、

依頼の件を他人に漏らしたことは？」

「ありません。二人とも秘密にしてい――」

「ドドソベリイドソドベリイ！

そいつの住所を映せ！」


鏡に住所が映しだされた。隣町のものだった。ダイナはようやく、一連の流れを理解した。彼女は、自分がのんびり歩いている間に、三途川が宇宙をくるりと一周してきたかのような錯覚に陥った。

大体、質問の仕方からして目を見張るものがある。回答を遮って矢継《やつ》ぎ早《ばや》に質問を行うなんて、自分はいままでしたことがなかった。そんなスタイル、考えてもみなかったのだ。この探偵はなんて乱暴で、なんてシャープな使い方をするのだろう。

ダイナは探偵に一連の意味を確認しようと口を開きかけた。しかし、彼女が質問す

る前に、探偵が鏡に、

「ドドソベリイドソドベリイ！

そいつ、青森出身だが、

いまは隣町に住んでいるんだな？」

と確認した。鏡は答えた。

「はい」

ふん、と探偵は鼻を鳴らした。得意げである。

ダイナは声をかけた。

「彼の……その、緑川って人の、住所と名前で送るわけね……」

「そうです」

「……よくこんなに悪知恵が働くわねえ……」

「ひどいですね。ご自分で依頼なさったのに」

「そういうわけじゃないの。感心してるのよ。でも、どうして二人が自分たちの関係を秘密にしているかどうかを気にしたの？」

探偵は片眉をつりあげ、面倒くさそうな表情で、

「ドドソベリイドソドベリイ！
どうして気にしたか、
説明しろ」

と鏡に言い放った。鏡曰く、

「三途川理は次のように考えました。——第三者の名で毒リンゴを送っても、事実がそうでないのだから、警察がその第三者を捕まえるようなヘマをするかどうかは定かではない。警察がわざわざニセ送り主の住所まで出かけていき、その最寄りの取扱店を調べたとしても、だ。しかし、警察の捜査において、『ニセ送り主の住所どころか、ニセ送り主と襟音ママエの関係さえ知らない人物』たち、つまり世界中のほとんどの人のわけだが、彼らに容疑がかかることはあるのだろうか。——三途川理は、そんなケースは少ないと考えました。

警察は『ニセ送り主と襟音ママエの関係を知っている人物』を捜査し、アタリのなさに疲弊《ひへい》するだろうと考えたのです。結果、ニセ送り主を犯人だと勘違いするか、トンデモなく事実と違った結論を出してしまうか、迷宮入りとなるか、のいずれかになると判断しました。つまり、自分に捜査の手が及ぶことはほぼありえないと判断したのです。

ちなみに今回もしも三途川理が襟音ママエの探偵事務所に忍びこんで、ニセ送り主の住所を得たのであれば、話は違ってきます。万が一『探偵事務所に忍びこんだ』形跡を捜査陣が発見したのであれば、三途川理の名が容疑者リストの上位にあがるからです。しかし、実際にはこの鏡を使ったため、問題の形跡を捜査陣が発見することはありません。

ゆえに自分は安全である――というのが三途川理の考えです」

「そ、そうなの……？」

とダイナ。探偵は無言のまま、頷いた。

「……なんかあなた、私より鏡を使いこなしてるわね」

「お蔭様で！」

探偵はにっこりほほえみ、元気な返事を返した。ダイナは続けて、

「じゃあ、いまからその荷物を作るのよね？　すぐに届くわけじゃないから、早くしないと駄目ね。――ア、手書きじゃまずいわね。筆跡が残るから。印字するものを持ってこないと……」

ちっちっちっ、と探偵の舌が鳴った。

「ドドソベリイドドソドベリイ！

依頼人が自分で自分の住所を書いた筆跡を、シミュレートしろ。

結果を映しだせ！」

鏡に手書き文字が映しだされた。探偵がトランクから大学ノートを取りだすうちに、映像は消えていた。

探偵はノートを一ページ破った。白紙をダイナに見せつけ、説明する。

「この紙に、鏡の回答を透《す》かして写し取るんです。そして、それを『お手本』とします。『お手本』を使って筆跡の練習をするのです。

それで、緑川氏の筆跡を再現するわけですよ。練習してそっくりまねることができればそれでOKですし、そうでなくとも、発送用の紙の下に『お手本』を敷いて、下から強い光を当てればなぞるだけで再現できるというわけです。発送用の宛名ラベルには、複写用のカーボン紙がついているけれども、そんなものは取ってしまえばいいんです」

ダイナは白紙と、暗転した鏡を見比べ、

「マルガレーテを油断させるためであって……その人に罪をなすりつけるわけじゃな

いのに……」

「なすりつけるぐらいでいいんですよ。警察の捜査には本格的に混乱してもらいたいのですから。まあ、ここまで上手にやると、本当に警察のやつら、緑川氏を捕まえちゃうかもしれませんがね。

でも、そしたらベストです。迷宮入りのままだと油断できませんが――といっても、どうせ三途川探偵事務所まで捜査の手は及びませんから、自分は枕《まくら》を高くして寝られますけどね――、濡《ぬ》れ衣《ぎぬ》を誰かが着ているなら、もっともっと枕を高くして寝られるというもんです」

ダイナは感嘆の息を漏らした。

探偵が鏡に向かって、

「ドドソベリイドソドベリイ！

依頼人が自分で自分の住所を書いた筆跡を

シミュレートした結果を、

一時間映し続けた映像はどういうものか？」

と問うと、鏡に先ほどと同じ手書き文字が現れた。探偵が鏡に顔をよせ、なめるように文字を観察し、次に白紙を鏡に重ねて、鉛筆を手に取り……。

邪魔しちゃ悪いかな、という気持ちから声を小さくしつつ、ダイナは探偵に質問した。

「いまの変な質問、何よ？　一時間どうとか……」

探偵は白紙の上に顔を近づけたまま、答えた。

「だってこうしないと、映像がすぐに消えちゃうかもしれないでしょ。現に、先ほどはすぐに消えちゃいました。『お手本』作りに支障が出ます。だから、ちょっと質問を変えてみました。

さっき映っていたのは、依頼人が自分で自分の住所を書いた筆跡のシミュレーション。いま映っているのは、『依頼人が自分で自分の住所を書いた筆跡のシミュレーション』を一時間映すシミュレーション。似たようなもんですが、実は根本的に違うとすらいえるんです。こっちの映像は絶対に一時間消えませんよ。呪文を唱えない限りね。

何度も質問し直すよりも、こっちの方がいいでしょう？」

「……はあん。若いっていいわねえ、頭がやわらかくて……あら？　でも、ふふ――」

キスしているかのように白紙に顔を近づけている探偵が、手にした鉛筆を動かさないのを見て、ダイナは思わず笑ってしまった。

「――その紙じゃ、厚すぎて文字が透けないみたいね。もっと薄いのを買ってこないと駄目だわ」

かわいい失敗してくれるじゃない。やっぱ若いわねえ――ダイナはにやにや。だが、探偵は白紙から顔を離し、ダイナを睨んだ。

「そんなことしなくていいです――


ドドソベリイドソドベリイ！

この映像の、光量をあげたものを映せ。

いいか、一時間分の映像だぞ？」

映像の光が強まった結果、文字が透けて見えるようになった。探偵は紙の上に、鉛筆をゆっくりと動かし始めた。慎重に動かしては、ときどき顔だけそっぽに向けて深呼吸。その繰り返し――

ダイナは感心のあまり、頭がくらくらするのを感じた。

マルガレーテが鏡を探偵業に使っていると知ったとき、「探偵業に鏡を使うなんて！」と驚いたものだ。自分はせいぜい、物知りな人に何かを聞く代わり程度にしか考えていなかった。その違いに驚いたのだ。
しかし上には上がいた。
ダイナは緊張とともに、探偵の背中を見つめていた。――見なさい、彼を！　つい
さっき鏡の存在を知ったばかりだというのに、こんな手のこんだ使い方まで……。も
しかしたら、鏡にこんな緻密《ちみつ》な質問をしたのは、史上初のことなんじゃないの？
「これが……探偵……！」

あくどい青年探偵は三十分ほどで「お手本」を作りあげた。
鏡の映像は彼の狙い通り、きっかり一時間で消えた。
続いて探偵は住所だけでなく、簡単な手紙まで書き始めた。もちろん、鏡を使った
同じ要領によってである。これでは本当に、筆跡をまねられた第三者が警察に捕まっ
てしまいそうだ。
ホテルのタオルをはちまきとして頭に巻き、机に広げた紙と取っ組みあう姿はまる
で何かの職人のようだ。
職人作業を進めながら、探偵はふと呟いた。
「しかし変ですね」

探偵の作業を手伝うと、実行犯としてカウントされるかもしれない――という懸念《けねん》から、何もできないダイナはソファで脚を伸ばしていた。彼女はリラックスした姿勢のまま、小首をかしげた。

「何が」

「襟音ママエが自分の出生の秘密を知らないってことですよ。いくら彼女がまぬけといっても、

『ドドソベリイドソドベリイ！

鏡さん鏡さん、

私、なんでこんなふしぎな鏡持ってるの？』

ぐらい、これまでの人生で鏡に尋ねることがあったのでは？　そしたら、自分の出生について知るのではないでしょうか。

そもそも、彼女はどうして自分がこんな鏡を持っていると思っているんです？」

「そういえば、そうねえ……」

三途川はいったん休憩といった調子で、机を離れ、ソファの空いたところに腰かけた。はちまきをほどき、顔をごしごしふいたあと、壁の鏡に向かって、

「ドドソベリイドソドベリイ！

おい鏡、いまの質問に答えやがれ」

と声をはりあげた。

「彼女が鏡にそのような質問をした事実はありません。彼女は自分があちらの世界出身の人間だと教えられており、それゆえにこの鏡を持っていると思っているのです。そのように教えたのは実母キャルー・キャレー・マックアンドリュー・エリオットと、キャルーの友人の息子である小人のグランピー・イングラムです。

彼女はその情報で満足しており、それ以上を知りたがろうとはしていないのです。よって、この鏡は世界に一枚しか——正確には二枚しか——存在しないことも知りませんし、それを所有しているのが王家ということも知りません。

なお、キャルーはマルガレーテが八歳のとき、病死してしまいました。マルガレーテはキャルーのことや、キャルーに教えられたことをぼんやりとしか覚えていません。なので、実際にはイングラムが教えたといってもいいでしょう。

イングラムはキャルーが死を迎える五ヵ月前にこちらの世界にやってきて、そのときからキャルーの代わりにマルガレーテの面倒を見ています。彼は、マルガレーテより五歳上です」

「ドドソベリイドドソドベリイ！

イングラムってやつの写真を見せろ。

あと、そいつ、いまはどこで何してる？」

鏡に写真が映った。すぐ隣に植木鉢があるので、手のひらに乗る程度の大きさだとわかる。もし手のひらに乗っけていたなら、その小ささゆえに、子供のように思ってしまうのかもしれないが、いまの話を踏まえると、マルガレーテより五歳上——つまり、十九歳というわけだ。拡大した写真はたしかに十九歳の青年のものだった。

「彼はいま、襟音探偵事務所で助手をしています」

と鏡。

三途川はソファの上で背伸びをした。

「ふーん、こんなやつもいるわけですね。襟音ママエを片づけたあとはマーク、ってところですか。……さて、もう一仕事——」

彼ははちまきを再びしめ直し、机に戻った。

箱を一つ抱え、ママエは、

「じゃじゃーん。お届けものでーす！」

と、ご機嫌な様子で玄関から戻ってきた。箱の大きさは、ぼくにとって物置程度に相当する。

「誰から？」

「ええと……誰だっけ、この人」

「知らないのに喜んでいたの？」

ママエがテーブルの上に置いた箱、の上にぼくは乗った。上面に貼られた宛名ラベルを見て、

「ああ、こいつ、去年の依頼人だよ」

「え？」

「ほら、高校教師の。年賀状ももらったじゃないか」

「あー、そういえば」

「こいつん家《ち》に返信のハガキを出したら、探偵に何か依頼したって奥さんにばれて、

いろいろ不都合だろうって気を遣ったんだ。わざわざハガキに書いてあったアドレスに、ぼくがメールで返信したんだぞ。——この人、『今年もよろしくお願いします』って、今年もトラブル抱える気なのかな、げらげら——ってこの間、ママエも笑ってたじゃん」

「そうだった。でもやっぱ、『今年もよろしくお願いします』は変だよねえ！」

二人揃って、げらげら。

年度末の確定申告に向け、毎月の出納簿をつけるのはぼくの仕事だ。ママエが依頼人に書いてもらった依頼申込書諸々は最終的にぼくが管理している。というわけで、ある意味じゃ、襟音探偵事務所の仕事は探偵以上に助手が把握しているのであった。

……ママエのやつは依頼人の名前さえ知らずに解決することも少なくないし。

ママエは早速、包装を破き、蓋《ふた》を開けた。中にはリンゴが八つ並んでいた。ぼくと同じくらいの丈のリンゴである。ママエはちらりと時計を見て、

「いいねえ、食後のデザートにしよう。一日一個ずつで一週間分だね」

と提案した。いま、午前十一時。この昼に一個食べるつもりだろう。

「一個余るんだけど。あと、ぼくの分はないわけ？」

「その余った一個がイングラムの分だよ。七等分してよ、いいじゃん。私にとっての一個と、イングラムにとっての七分の一個だと、私の方が少ないでしょ。ってこと

で、この右上のがイングラムの分ね」

「別にいいけど……ぼくは、一つを切って、それを一週間も冷蔵庫に入れておくの？　リンゴって切ったら食べきらないと、すぐに黒くならない？　一週間も大丈夫かな？……あっ、せめて一個を七等分して食べるんじゃなくて、毎日ママエの分とあわせて、七分の八ずつ消費していこうよ。そしたら、剝いたあとのリンゴは一日以上保存しなくて済むよ。この方が合理的だね」

「何いってんのか、全然わかりませんねえ」

「いや。だからさ、七分の一かける七たす七よりも、七分の八かける七の方が合理的な消費ペースだっていってるんだよ」

「え？　まさか、私がそんなに数学得意だと思ってるの？」

「数学じゃねえ！　算数！」

まあ、ママエにしても、分数のかけ算ができないほどトンチンカンではない。こういう日常の光景に、数字だの三段論法だの、論理的な思考を応用するのに慣れていないだけである（ぼくは普段から心がけている！）。こういうやつだから、事件の捜査をするときも推理をしたがらないのも無理はない。しかし、少しぐらい推理しないと、いつかしっぺ返しがくるんじゃないか。というか、この間の事件なんて――

――と、ぼくが緋山燃《ひやまもゆる》と三途川理のことを口にしようとしたとき、

再び玄関のチャイムが鳴った。

「またか、めんどいなあ。一度に来てほしいよ」

ママエが重い腰をあげる。めんどいめんどいと呟きながら、部屋を出る。続いて玄関から、

「あーっ」

というママエの声が。なんだ、どうした？

「どうぞ、どうぞ。おあがりくださーい！」

不自然なほど大きな声による「おあがりくださーい！」は、「客が来たから、イングラム、あなたちょっと消えといて」という意味だ。仕方がないので、ぼくはちょっと消えることにした。本棚の裏に作ったハシゴをうんせうんせとのぼり、いつもの植木鉢スペースに。

どうやら噂をすれば影となったようだ。

正確にはまだ噂をしていなかったが。

応接室に現れたのは、先日の事件で一緒に捜査をした探偵、緋山燃であった。

緋山は部屋の中をぐるりと見渡し、

「ふウん、しっかりした事務所だな。いちいち、資料をファイルに整理してんのか。おれんとこより、ずっと本格的だ」

「いやあ、そんなことないですよう、へへ」

「表の看板もしっかりしてたしなあ。おれも見習わなきゃなあ」

「へへへ。——あっ、上着はこちらに。どうぞどうぞ、お座り下さい」

「そんじゃ失礼して」

ママエは、首回りにふわふわと毛皮のついたジャケットをうけとり、壁にかけた。

緋山は椅子に座り、赤毛の頭を掻きながら、

「これといって用事があるわけじゃないんだ。たまたま近くまで来てね。同じ探偵という間柄だし、新年の挨拶をしておこうかなと思ってさ」

「あーそれは、それは。本来なら、私からご挨拶に伺わなければならなかったところですのに。ご足労をおかけしました」

「いやあ、暇つぶしがてらだよ」

「そんな、そんな。暇なときにはいつでも遊びに来て下さい」

お前はいつでも暇だしな——と、これはぼくの心の声。

「最近はどう？　仕事、調子いい？」

「はい、調子いいですね」

「そっか、いいなあ。おれんとこには全然依頼人来ないんだ。波があるんだよな、来るときと、来ないときと。この分じゃ、新聞に載ってる事件を自分で解決しにいった方がいいのかなァ。たとえばさ——」

とかなんとか、ママエと緋山はとりとめのない話を始めた。

たとえば、新聞を騒がせた殺人事件について緋山が意見をいい、ママエがふーんと生返事。新聞を騒がせた誘拐《ゆうかい》事件について緋山が意見をいい、ママエがふーんと生返事。新聞を騒がせた怪文書事件について緋山が意見をいい、ママエがふーんと生返事。新聞に載っていた四コママンガについて緋山が意見をいい、ママエが腹をかかえて大笑い。ママエが昨日おみくじで大吉をひいたことをいい、緋山がふーんと生返事……。

上から話を聞いているぼくには、緋山の話が本題である何かの前置きにしか聞こえなかった。判断は正しかった。

「——でも、緋山さんはとても有能な探偵ですのに。私なんかより、はるかに。この間なんか、緋山さんがいなけりゃ、私どうなっていたことか……」

その言葉をきっかけに、緋山は表情を険しくしたのである。声のトーンを落とし、

「そうそれ、実はそのことなんだよ」

「どのことです？」

ママエはあいかわらず、四コママンガの話をしたときと同じトーン。が、緋山はあくまでも険しい表情のままで、

「用事はないっていったけど、実は、心配してたんだ」

「心配？」

「あの事件のとき、いろんな意味で、お前さんの捜査は不自然だっただろう。それでもって、ある意味じゃ、あいつ——三途川の野郎に喧嘩売っていたわけじゃないか。いや、あんな野郎に喧嘩売ること自体は別にいいんだけどな。おれだってあいつにはいろいろ嫌なことされたから、殴り殺したいくらいだよ」

へえ。薄々気づいていたけど、二人はそういう関係か。緋山が三途川を見るときの目つきを思いだし、ぼくは納得した。

「ただ、それで、おれは心配していたわけだ。あの事件の裏で三途川になんかされて、それで探偵業が不振《ふしん》になったんじゃないかとか。あのあと、逆恨みの仕返しをされたんじゃないかとか」

緋山が声のトーンを落としているため、二人の間の空気はかすかに緊張している。

「いえ、そんなことないですよ。あのときは、ええっと、調子が悪かっただけです。三途川さんともあれから会っていませんし。緋山さんには本当にお世話になりました。私が自分でも忘れていた推理を推理して下さって、ありがとうございました」

ママエの表情は明るいままだ。

「自分でも忘れていた推理……ね。ふん」

緋山は苦笑した。

「でもまあ、よかったよ。元気そうで。商売繁盛《はんじょう》も嘘じゃなさそうだしね」

「はい、嘘じゃないですよ」

二人の間に漂《ただよ》う空気が、再び、和やかなものに変じた。しかし、ぼくは頭の中に、あらためて注意書きをしなければならなかった――

――三途川探偵、緋山探偵、両者ともに要注意――と。

前者だけでなく、後者のこいつにも注意を払わなくちゃならないというのがぼくの考えだ。緋山は、たとえどんな意味だとしても、探偵襟音ママエという存在にいくばくかの興味を持っているからだ。特に今日、それがはっきりした。

こいつがその気になってあれこれ捜査をすれば、鏡やぼくの存在が暴かれるかもしれない。こいつに悪意がないにもかかわらず、事態が悲しいものとなってしまう場合もあるだろう。だから要注意、危険人物である。

ということを、ぼくがつらつら考えている一方で、緋山とママエの話は明るく弾んでいた。いつの間にか、ママエは紅茶とフルーツも出していた。

どうやら今度の話題は、緋山が好きなシューティングゲームについて。これにはママエも興味を示しているようだった。

「――へえ、いいなあ。私もゲーム買おうかなあ」

「買えよ、買えよ」

「でもなあ、勉強しないとなあ」

「買わなければ勉強するの？」

緋山はいじわるく笑っていた。その楽しそうな表情を見る限り、暇つぶしというのも本当だったのだろう。依頼人が来ないともいっていたし。

ママエはティーカップを手で包み、同じく笑いながら答えた。

「しませんけどぉ」

「ほらな。買えって」

といい、彼はお皿に盛られたフルーツに手を伸ばした。ひょいと口に入れる。ママ

エは紅茶をすすり、

「でもですよ。買わなくても勉強しないけど、買ったら絶対に勉強しなくなるでしょ？　やっぱり駄目ですねえ。勉強する可能性だけは残しておきたいんですよ。可能性だけはね」

と、よくわかんないことをいっていたが、すぐさま、ティーカップをテーブルに置いた。叩きつけるようにである。

彼女は椅子から腰を浮かした。目を見張り、

「緋山さん？」

と声をかけた。

ぼくは驚きのあまり、植木鉢から飛びだし、本棚の上から落っこちそうなほど身を乗りだした。


一見、その仕草は風変わりな自殺に見えた。

緋山が、自分の両手で、自分の首を絞めている！

どうした？　どうしたっていうんだ？

数秒遅れて、ぼくの理性が答えを告げた。

――彼は苦しんでいるんだ！

どうして？

――毒？

ママエは、誰かに助けを求めるかのように叫んでいた。

「緋山さん！　緋山さん！」

ぼくは、ママエが緋山に出したフルーツに目をやっていた。それは、先ほど宅配便で届いたリンゴだった。まさか……！


「おいッ！」

鏡の中で叫んでいるマルガレーテよりも大きな声で、三途川が叫んだ。鏡に向かっての呼びかけか、傍《かたわら》にいるダイナに向かっての呼びかけか、それとも自分に向かってか、いずれにせよ、いまの事態は三途川にとっても予想外の出来事だったようだ。

「おいっ、おいっ……おいおいっ！」

彼はしばらくの間、鏡の光景を凝視していた。

マルガレーテの最期を見届けること、小人の助手について知っておくこと。二つを目的として、今日、ダイナたちは襟音探偵事務所の中をスパイしていた。無論、提案者はまたもや三途川だった。鏡を使ったスパイであり、鏡への質問は、

「襟音探偵事務所に盗撮《とうさつ》カメラをしかけたとしよう。それがいまから二十四時間で録画する映像と、録音する音声はどんなものか、教えろ」

というもの。

マルガレーテが寝ぼけながらハミガキをするところからずっと盗み見していたわけなのだが、よもやこんな光景を見ることになるとは。

ダイナの感触によると、緋山服毒という衝撃的なワンシーンははじめこそ、ダイナと三途川の神経を平等に高ぶらせた。だが、違いがすぐに表れた。三途川はいくつかの結論に達し、ダイナとは異質の興奮を感じているようだった。

ダイナは、緋山という男についてほとんど知らない。彼が襟音探偵事務所にやってきたとき、三途川が「人の邪魔ばかりする三流探偵」と説明してくれたが、それだけだ。ダイナと三途川が同じ思いを共有することができないのは、そのバックボーンの

相違に立脚しているのだろう。

——なんでもいいわ。とにかくマルガレーテ！　マルガレーテを殺してよ！　——自分にとって大事なことを心の中で確認したダイナは、身震いしている探偵に声をかけた。

「ねえ！」

「おおおお……」

「ねえったら、ねえ！」

ダイナを無視し、探偵は独り言を呟き始めた。ダイナは顔を覗きこむようにして、問《と》い質《ただ》した。

「あのさ、どうなの？　これ、大丈夫なの？　あのリンゴでマルガレーテがお陀仏《だぶつ》になるはずだったのよね。お陀仏にならなかったじゃない！　これからどうするの！」

「いま考えてるんです！」

「ええっ？」

「おのれ……緋山め……」

目玉が落っこちそうなほど瞼《まぶた》をつりあげ、鏡を凝視する三途川。まるで、鏡の中で目を白黒させている緋山に向かい、威圧という凶器でトドメを刺しているかのようだ。ダイナは口をつぐんだ。

「邪魔しやがって……罰としてそのまま、くたばるがいい……」

三途川の瞼が舞台の幕のように、ゆっくりと閉じられた。

閉じた瞼はピク、ピクと波うっていた。瞼の下で目玉が猛然と動いているのだろう。「そうか、彼は目玉が飛びださないように瞼を閉じたのね！」という馬鹿げた考えがダイナの頭をよぎった。

続いて鼻の穴が大きく広がり、盛大に空気を吸いこんだ。しばらくすると、閉じていた口がわずかに開いた。かすかな音を立てて空気が漏れていく。

勢いよく舞台の幕——探偵の目が開いた。

そこに迷いの色はなかった。


「いまの事態は、うれしいことでもあり、憂《うれ》うべきことでもあるのです——」

三途川は鏡に穏やかな視線を向けたまま、説明を始めた。

「——うれしいことは、邪魔な緋山がノックダウンしたこと。実は、警察をていよく煙《けむ》に巻けたとしても、あいつがいらんことをしないかどうか、その点が心配でした。三流探偵緋山が一流探偵三途川を捕まえることなんてできやしないでしょうが、傷をつけられるおそれがあったのです。それがいま、なくなりました。うれしいことであり、めでたいことです」

「そ、そうなの？　でもね、私としてはそんなこと、どうでもいいの。殺してほしいのはマ……」

「一方、憂うべきことは――」

三途川があくまでも説明を続けたがったので、ダイナは再び口をつぐまざるをえなかった。だが、憂うべき方の説明はわずかだった。わずかな説明で、ダイナが意味を理解することができたからだ。

「――襟音探偵事務所のやつら――ド素人《しろうと》探偵とド素人助手の二人――が、『毒をしかけたのは誰か』を気にするということです」

「あっ」

ダイナは気づいていなかったのだ。マルガレーテがなんにも知らないという絶好の土台を失うおそれ。のみならず、ダイナのはかりごとが海をこえて、あちらの世界で公になるおそれ。

彼女は息を飲んだ。あらためて鏡の中の光景に目を向ける。

緋山はうずくまっていた。服は嘔吐物《おうとぶつ》で汚れていた。マルガレーテは緋山の背中をさすっている。彼女は緋山の顔と、机の電話を交互に見ていた。机に置かれた電話は、受話器がひっくり返っていた。よく見ると、受話器の傍にイングラムが立っている。救急車を呼んでいるようだ。だが混乱のあまり、事務所の住所を教えるのにてまどっていた。

ダイナの注意は三人の人間ではなく、もっと大切なものに向けられた。イングラムが立っている机、の一番上の引き出しである。ダイナたちは朝からのスパイ行為により、そこに、マルガレーテの鏡がしまわれているのを知っていた。ポーチごとしまわれている。

引き出しに鍵はついている。しかし、かけられていない。引き出しを開けようと思えば、すぐに開けることができ、そして鏡に何か聞こうと思えば、すぐに聞けてしまう状況だ。

ダイナの口から、自然と憂いの声が漏れた。それは、探偵への質問という形を取った。

「どう……するの……?」

冷静な探偵は、にやりとした。

「はてさて、どうしましょう」

ぼくは玄関にあるママエの靴の中に入り、顔だけ出した。開け放たれた玄関から、外の様子が見えた（襟音探偵事務所は雑居ビルの一階に設けられている。少し広めの玄関があり、そこには靴箱、傘立て、消火器などが置いてある。玄関のドアを開けると、すぐ外は公道というわけ）。

事務所の玄関の外では、緋山が救急車に運びいれられようとしていた。緋山ほどではないにせよ顔面蒼白《そうはく》のママエが救急車を見つめていた。見つめるほかにできることがあればやりたいが、といった様子である。

ここに至るまでは我ながら、てんてこ舞いという表現がぴったりだった。まったくもって恥ずかしい。――普段から論理的に考える心がけをしてるのにぃ。うう……。

救急車にまで自分の頭が回ってくれたのが、せめてもの救いだった。下手をすると、ママエといっしょにおろおろしていただけかもしれない。

ただし、病院に電話をかけたのはいいとして、状況説明にてこずってしまった。

落ち着いて振り返ってみれば、何か悪いものを口に入れて人が死にかけていると伝え、事務所の住所をいえばよかったのだろう。だが、ぼくはなぜか、毒物の種類が特定できないということを一生懸命に伝えようとしてしまった。住所にしても、番地をいえば済むものを、何個目の交差点を曲がるだの、どこそこのお店の脇を通るだの、道案内をしようとしてしまった。

そもそも、緋山の前で電話をかけるというまねをしてよかったのかどうか。あいつの意識が朦朧《もうろう》としているといえども……。とはいえ、そんな大事なことを意識したのも、電話の受話器をひっくり返したあとだった。引き返してもしょうがないと思い、決行したわけなのだが……。

ちなみに、ぼくとママエがてんてこ舞いしている間も、緋山は弱りきった気力を奮い起こし、あえいでいた。彼は指を喉につっこみ、げえげえと消化器官を蠕動《ぜんどう》させていたのだ。気力こそ弱りきっていたものの、意外と、意識の方ははっきりしていたのかもしれない。

だとすると、ぼくは隠れていた方がよかったような……でも、場合が場合だったような……済んだことだから、いまさら考えても遅いんだけど……。

とにかく、救急車はこうして到着し、緋山を連れていってくれようとしている（さすがに救急車の人にまで姿を見せる必要はないと思い、ぼくは慌てて靴の中に隠れた)。無論、救急車で連れていってもらったからといって助かる保証があるわけではない。だが、中学生と小人がてんてこ舞いしているだけの状態より、比べものにならないほど心強い。

　ぼくは天井をぼんやりと見あげ、思考を巡らせた。いつまでもおろおろはしていられないぞ。いまはもう、緋山がげえげえいっていたときほど狼狽《ろうばい》しているわけではない。緋山のことは病院に任せるとして、落ち着いて事態を振り返ろうではないか。事件の真相を摑んでおくべきである。

　ぼくは振り返って考えるためにも、実際に、振り返った。

　玄関から振り返り、事務所の中に顔を向けたのだ。

　そして、一連の流れを思いだす。

　自らの判断で喉に指をつっこんでいた緋山の様子から、彼の身に起きた異変が毒によるものだということは、断定こそできないものの、ほぼ確実と思われた。食中毒などの可能性を含めてのことだが。

　毒と仮定したなら、次は出どころを考えねばならない。

　何に毒が含まれていたのか？

緋山が口に入れたもの……

……

………………

……リンゴだ。

やはり、リンゴしかない。

テーブルを下から見上げる格好になっているため、テーブルの上にあるリンゴをここから見ることはできない。ぼくは、リンゴが置いてあるだろう方向にぼんやりと目を向けた。

リンゴというポイントは、緋山の異変が明らかになった直後、ぼくが直感的に注目したのと同じ。あとから落ち着いて分析しても同じところに返ってきたのだから、もう間違いないだろう。そして、あのリンゴの新鮮な輝きを知っているぼくには、食中毒という可能性もこの段階で排除すべきと判断できた。――今朝届けられた、あのリンゴに、毒が入っていたのだ。これがぼくの結論だ。

けれど念のため、些細な可能性を丁寧に、頭の隅に置いておくことを忘れなかった。リンゴではなく、リンゴを載せたお皿に毒がついていた可能性。まだあるぞ。リンゴを切った包丁。リンゴに刺したつまようじ。緋山がずっと前に口にしたカプセル式の毒が、ちょうどあのとき胃の中で溶解したという可能性……。

……そして、我に返った。

いま、ぼくは落ち着いて考えている？　どこが！

お前は、まだまだ興奮をひきずっている。ほとぼりが冷めていないぞ。ぼくは自分の頬っぺたをひっぱたいた。いまはクイズ番組の時間じゃない。試験の時間でもない。普段の「平和」な依頼とも違う。お前はさっさと答えを知るべきだろう。

答えを知ることは簡単だ。

鏡に聞けばいい！

ぼくは気持ちを切り替えた。リンゴが置いてあるだろう方向をぼんやり見ていたが、今度は、机の引き出しに視線を送った。一番上の引き出し、ママエがいつも鏡を入れている場所だ。

よし、鏡に事の真相を聞くとするか——しかしそのためには（もちろん緋山の命のためにも！）、救急車の人にはさっさと病院にいってもらわないと。ぼくはあらためて、玄関の外を見た。

救急隊員の一人が、ママエに何か声をかけていた。ママエは救急車の来る前と変わらず、おろおろしている。隊員は再びママエに声をかける。ママエはおろおろしながらも、今度は頷いた。二人は救急車に向かって歩く。どうやらママエは一緒についていくかどうかを考えてうろたえていたようだ。

もう誰も事務所に注意していない。ぼくは靴から這いでた。

そして、鏡に真相を聞くため、事務所の中に——

「襟音さん。これは一体、どうしました！」

ぼくは反射的に靴の中にひっこんだ。

聞き覚えのある声である。

靴の中から、おそるおそる顔を出してみると——

ああ、やっぱりそうだ。

もう一人の要注意人物、三途川理探偵その人の姿があった。彼は首にマフラーを巻き、大きなポケットのついたコートを羽織っていた。

「たまたま近くを通りかかってみれば救急車がとまっていたので、なんだろうと思いまして。そしたら襟音さん、あなたの探偵事務所ではありませんか。一体、どうしたんです？」

と三途川。

ママエは目に涙を浮かべ、首を横に振っていた。三途川探偵にどういう態度で接するのが吉か、判断に困っているのだろう。

ぼくの答えは決まっていた。——そんなやつ、追い返せ！　追い払え！

しかし、心の中で待ったがかかった。

いくらなんでも、このタイミング、怪しくないか？

それに毒といえば、この間の事件のこともあるし……。

よもや……。

ママエは蚊《か》のなくような声で、

「緋山さんが……泡《あわ》を吹いて……」

と三途川に説明を始めた。だがやはり、三途川の怪しさに途中で気がついたよう

だ。青い顔のままではあるが、警戒心をはっきりと表に出し、

「……三途川さん、どうして、ここに？」

「いったでしょう。たまたま近くを通りかかったのですよ」

「家、この辺りなんですか」

「違います。初詣《はつもうで》のためにちょっと遠出したんです」

「わざわざ？」

「そうです」

二人がそんな話をしている間に、救急車は去った。ママエを置いてである。救急車は去ったが、代わりに三途川がいるんじゃ、鏡を使うわけにはいかない。うーん……。

走り去る救急車に目をやり、三途川がいった。

「緋山君の姿をちらりと見ました。あの様子じゃ、彼、何か毒のようなものを口にしたのでしょう。さらに状況から察するに、事件は、あなたの探偵事務所の中で起きたようですね」

「うん……まあ、そうなんですけど……でも……」

「わが学識高き同僚《どうりょう》、緋山君の身にふりかかった事件です。何をおいても看過《かんか》するわけにはいきません。早速、捜査を始めましょう！」

「そ、捜査？」

ママエの問いに答えは返ってこなかった。

なんと、玄関が開放されているのをいいことに、三途川は事務所の中にずかずかと乗りこんできたのである！

事務所の中で何する気だ、この野郎！

三途川が近くを通るので、見つからないよう、ぼくは顔をひっこめた。靴の中で歯ぎしりをした。

追い返せ！

ママエ、そいつを追っ払え！

「時刻は十一時四十九分。テーブルの上には、ふーん……紅茶、ですか。それにリンゴ、と。ふんふん、これは彼のジャケットでしょうね。ポケットの中は……ふうん、空っぽ、と。手荷物は……うーん？　ないようですね……ええと、それから部屋の様子は……」

しばらくしてから、ぼくは靴から顔を出し、事務所内に目を向ける。三途川は応接室をうろうろしつつ、手帳にメモを取っていた。

ママエは彼の背中を追っていた。鏡を使いたいからかどうかは知らないが、彼女もまた、三途川には事務所から出ていってほしいのだろう。仮に三途川が今回の毒混入事件と何か関係しているのだとしても、それが、事務所をかき回されることの不都合とどう関係するかはわからない。それでも、なんとなく、三途川には事務所から出ていってほしい。ぼくもそう思う。

直感的な警戒であった。

しかし、自信たっぷりにてきぱきと動く三途川を追いだすことは、ママエにできそうもなかった。そもそも、緋山が倒れたときから、彼女だって驚愕と緊張ゆえに倒れそうになっていたのだ。追い返す気力が残っていないのは無理もない。彼女は何度も、

「三途川さん……」

と声をかけるが、無視され続けていた。逆に、三途川が、

「この応接室以外に緋山君が入った部屋はありますか?」

とか、

「リンゴと紅茶以外に出したものは?」

とか、次々に質問するのに対し、ママエは首を横や縦に振って応えていた。三途川の精力的な目つきが、彼女に協力をいやおうなくさせているのだ。

そして、三途川はテーブルから離れ、横の本棚に近づいた。

「ふんふん、こっちはこれでよくて……次……こっちに怪しいものは……」

……おい……

……これ、まずくないか？

ぼくは鳥肌《とりはだ》が立つのを感じた。

このままだと……このままだと……！

机の引き出しを開けられ、鏡が見つかるんじゃないか？

引き出しには、鍵もかかっていないんだぞ。

🍎 🍎 🍎

ダイナはホテルの部屋で一人、鏡の中の光景を眺めていた。はらはらしながらだ。

「なんて強引な」

というのが、彼女の感想だった。不安はまだ拭えなかった。ホテルを飛びだした三途川には、あとのことを何もきいていない。鏡の中に彼が現れて、そういうことか、とは思ったが……。

「鏡を使われるの、一時はしのげたみたいだけど……これからどうするの？　しっかり頼むわよ？」

運命を左右する茶番——襟音探偵事務所を舞台とする三途川探偵の茶番を、ダイナは見守るほかなかった。彼女の目は鏡に釘《くぎ》づけであった。

……まずい！

「追い返せ！　ママエ、そいつをとっとと追い返せ！」

三途川に聞こえない程度の声でぼくは叫んだ。しかし、三途川に聞こえないということは、ママエにも聞こえないということであり、まるで意味のないことであった。

引き出しを開ける、イコール、鏡のふしぎな能力を知られる——とはいえない。さらに、鏡のふしぎな能力を知られることが、絶対的に悪いことだと断定することはできない。

だが、三途川理に限っては、話が別だ。自作自演の毒殺事件を企てるような悪党に鏡の存在を知られるわけにはいかない。しかも——忘れてはならない。三途川は前の事件で、ママエのポーチに興味を持つところまで至ってしまった！　三途川のやつ、この騒ぎに乗じて、ポーチの秘密を暴きだそうとしているんじゃないか？　緋山に毒を盛るってところから仕組まれている可能性だって、一笑に付すわけにはいかない。

いま仮に、ポーチを開けられてしまったとしよう。その先には、主に四つのパターンが予想される。

1）ただの鏡だと思われる。三途川は興味を失う。↓セーフ

2）その場ですぐさま、鏡の能力がばれる。↓アウト

3）「ただの鏡にしか見えないが、これまでのことを踏まえると、ただの鏡であるはずがない」と思われてしまう。↓彼はなんのかんのと屁理屈をこねて、鏡を持ち帰り、詳しく調べる。↓でも、鏡の能力はばれず終《じま》い。↓セーフ（？）

4）「ただの鏡にしか見えないが、これまでのことを踏まえると、ただの鏡であるはずがない」と思われてしまう。↓彼はなんのかんのと屁理屈をこねて、鏡を持ち帰り、詳しく調べる。↓鏡の能力がばれる。↓アウト

そりゃ、都合よく1になればいいのだが……、本当にそんなことになるか？　3でもいいといえばいいが、そのあとで鏡がどうなるのか、不安は残る。けれども、3で済んだならマシだろう。ポーチに興味を示すほど勘のいい三途川が1や3に収まってくれるか？　そう思えるか？　駄目だ。とてもじゃないが、そうは思えない。

大体、どうせママエのやつ、鏡を三途川に見られたとき、よりによってそんなときようやく、事態のやばさに気がつくんじゃないか？　で、馬鹿正直にも、表情にそれらの感情をすべて出してしまうんじゃないか？　そのこと自体が、2や4をまねく一因になることも考えずに。

しかし……どうしたら……。

「ママエ、気づけ！　引き出しを開けられるぞ！」

だがやはり、彼女はいまだにおろおろ。ああもう、これだから、うちの探偵は駄目だ！　鏡がなきゃ、ただの中学生じゃないか！

ぼくは、靴の中にいるしかない己の無力さを恨んだ。

……靴の中にいるしかない？

本当にそうか？

考えろ。慎重に！　性急に！

現実から目をそらすな。悲劇的な場面が展開されたとき、お前はそれを誰かのせいにする気か。

もし本当に、三途川の野郎がポーチを探しているのであれば、ぼくたちは相当なめられてやいないか。だって、そうだろう。なんだ、この強引な手口は！　なし崩しに家宅捜索を強制されているようなものだろう。もしママエ――「ただの」歳下の女の子――の代わりにいたのが緋山であれば、三途川を追い返すことができたんじゃないか？

ならば、こっちだって、強引にやらせてもらえばいい。

見ると、三途川は本棚の捜査を終え、次は……

……机に！

やつはいよいよ、机の方に身体の向きを変えた！　ええいっ、グランピー・イングラム――お前は――ぼくは、このままじゃまずいと思っているんだろう？　少々手荒なことをしてでも、流れを変えるべきだと考えているんだろう？　それが結論なんだろう？

時間はない、覚悟を決めるんなら決めちまえ！

🍎 🍎 🍎

「あら？」

ダイナは鏡の隅に目をやった。

鏡は、襟音探偵事務所の応接室を斜め上から映していた。玄関は手前に位置しており、ほとんど映っていない。ただ、玄関と応接室は一直線につながっており、障壁がまったくないので、鏡の左下に、玄関の一部が見えていた。

そこで、何かが動いたように感じたのだ。

「何かしら？」

普段、自分の頬のしみがファンデーションで完全に隠れているかどうかを調べるときのように、顔をぐっと近づける。動いたのは——赤色——赤色の何か？

と、そこまで考えたとき、ハプニングが起こった。

ダイナはびっくりし、のけぞることとなった。

ガラスの割れる音！

つづいて、シュッという音！

シュッ！　シュッ！　シューッ！


鏡の左下に、白い煙が現れた。


「何よこれ？　何が起きてるの？」

ダイナは顔を鏡に近づけ、そのまま左を向いた。まるで、目の前の鏡が窓であり、顔の向きを変えれば光景も変わるかのように、錯覚してしまったのである。

しかし当然のことながら、映っていないところを見ることはできない。

「うーん……！」

うめきながら鏡に頰をぎゅうぎゅう押しつけていたダイナは、やがて、あっと声を出した。顔を赤くする。

「いけないわ。こんなことをやっていると、また、あの若い探偵君に馬鹿にされるわね」

一歩下がり、

「ドドソベリイドソドベリイ！

鏡や鏡、壁にかけられた鏡よ。

玄関で何が起こっているか、映して！」


と命令。

鏡が映しだしたのは、襟音探偵事務所の応接室から玄関を見た光景だった。玄関ドアのガラスが割れ、なぜか、消火器から白い煙が噴きでていた。


ママエが甲高い声を出す。

「何？　何！」

彼女は三途川の背後に回った。さながら三途川さん助けてといわんばかりだ。実にいまいましい！　そういうとこがなめられてるんだけどなあ。ママエにはしっかり自覚してもらいたい。

三途川はしかつめらしい顔をし、玄関の方——こちらを見つめていた。捜査の手は止まっている。続いて、三途川はこちらに歩いてきた。

よし。

もちろん、玄関ドアのガラスを割ったのも、消火器を使用しているのも、ぼくである。

消火器の留め具を外し、上に飛び乗ったのだ。さらに、バランスを崩させ、ガラスに向かって倒してやった。ガラスは割れた。そのあと、消火器のレバーを押したのである。身体が小さいので、すぐにレバーに跳ね返されてしまったが、何度も体当たりをした。

そうして、白い煙がたちこめるまでにしてやった。

三途川との距離がある程度狭まったところで、ぼくは靴箱の陰に隠れた。もともと気づかれにくいうえ、煙もあるので、いちいち隠れなくてもいいのだろうが、用心にこしたことはない。

「おい、誰かいるのか！」

と、三途川が玄関の外に注意を向けたので、ぼくは次の行動に移った。応接室めがけて走ったのである。

三途川は注意を玄関に向けたままだ。いうまでもなく、玄関でのあれやこれやはすべて、三途川の注意をよそに向けるためだけに行ったことだ。

三途川は現場を観察し、

「白煙は消火器によるものです。特に何かが焼けたりコゲたりした跡はありませんね。先ほどの破砕音《はさいおん》は玄関ドアのガラスが割られたことによるものです。状況から見て、まず間違いなく、この消火器によって」

とかなんとかいっている。

いまのうちだ！　急げ！

ぼくは走った。机の脚元まで到達した。

今度は上！

せっせと机をのぼり始めた。

机を半分までのぼったとき、まだ応接室の中にいるママエが、

「勝手に倒れたんでしょうか？　風とか？」

と、三途川に尋ねた。こらっ、ママエ、お前が話しかけるなっ。お前が話しかけると、あいつが応接室に振り向くだろう。ぼくが気づかれるかもしれんじゃないか。ぼくは上から二段目の引き出しにつかまったまま、振り返った。

「そうかもしれません。ただ、正直なところ、そう結論づけるには難しい状況です。

なぜなら、消火器は外に向かって倒れているからです。もし外から風が吹いて倒れたのであれば、消火器は中に向かって倒れるはずです。向きが逆です」

さいわい、三途川はママエに目を向けず、あくまで玄関付近の観察を続けたまま、返事をしていた。それでいい！

やがて、ぼくは机の上に到達した。上に置いてある小物入れに身体をつっこみ、引き出しの鍵を探す。早く、早く……

……あった！

これだ。これで、引き出しに鍵をかけてしまうのだ！　そうすれば、様々な問題がぐっと軽くなる！

鍵を抱きかかえ、机の端に。

三途川は――まだ玄関で観察中――ＯＫ！

机の端から落っこちないよう、慎重に、引き出しに……鍵を……

……と、届かない……。

ぼくは脱力した。が、すぐに気合を入れ直した。なんとかしなきゃ。ママエの援助は期待できない。彼女は自力では事態を理解しないだろう。たとえ理解したとしても、彼女がこちらに動くと三途川の注意の対象がこちらに向くきっかけとなってしまう。

落ち着いて考えよう。ぼくは深呼吸をした。そうだ、こうすれば……うん、こうすれば、届かないことはないぞ。

ぼくは、机の端を両手でつかみ、ぶら下がった。両足で鍵をはさんでいる。そのまま、ゆっくり下に……慎重に……

ちなみに、三途川の様子はどうだ？

「誰かの仕業《しわざ》とするならば、そいつは消火器を倒れたまま使ったのか？ それとも倒れた拍子に煙が出ただけ？ しかしそれにしては、断続的な」

といった具合。いいぞ。その調子で推理を続けてくれ。

おっ。やった、鍵が入った。

足をいったん鍵からはなす。蹴るようにして鍵を回す。ただし鍵が外れないように優しくだ。

カチャリ、旋錠《せじょう》。

大成功である。

一方で、三途川は不可解な現場に狼狽していた。

彼は頭に指をあて、首をかしげた。

「おやおや、犯人はどこからきて、どこに去ったのでしょうか。犯人は、探偵事務所に舞いこんだつむじ風でしょうか。つむじまがりな探偵に、つむじ風。消火器を倒すほどに巨大なつむじ風だったのでしょうか？　なんて巨大な、巨大な、巨大なつむじ風！

殺人事件のように深刻な事件ではありませんが、笑えませんね。笑いはなし、深紅の血だまりもなし。ルックスのいい謎の少女もなし――おっと、ごめんなさい、襟音さん――やっぱりそこだけはありかな。

巨大な風。ルックスのいい少女はあり。笑いはなし。深紅もなし。巨大な。ルックスのいい少女。笑い。深紅。あらら、あらあら、一体全体どうしたものでしょう！

巨大な。ルックスのいい少女。笑い。深紅……」

おかしな状況に、彼はすっかり混乱してしまったとみえる。

🍎 🍎 🍎

こういうとき、若い子らはさっさと鏡に尋ねるに違いないわね。私もそうしよう

――ダイナは鏡に尋ねた。

「ドドソベリイドソドベリイ！　いまのなんだったの？」

鏡は答えた。

「一連の騒ぎは、グランピー・イングラムによって起こされました。彼は、机の一番上の引き出しに鍵をかけたがっていました。なぜなら、その中には、鏡を入れたポーチが入っているからです。鏡を三途川理が見ることで、事態が悪くなるのを懸念していました。

そのため、三途川理の注意を机からそらす必要がありました。一連の騒ぎはそのための手段として取られたものです」

――なるほどね。

「ドドソベリイドソドベリイ！　鍵は？」

「かかりました。鍵はイングラムが抱えています。彼は鍵をかけたあと、床に降りて、机の下に隠れています」

鍵を抱えたイングラムの姿がアップとなり、鏡に映った。ダイナは唇を噛んだ。

「ドドソベリイドドソドベリイ！

いいわ、さっきの光景を映して」

再び、玄関の光景。三途川は首をかしげていた。ダイナは、鏡の中の彼を人差し指で弾いた。ダイナの爪が鏡に触れ、カツンという音を立てた。

「大丈夫なんでしょうね！」


とりあえず、鍵はかけた。鍵はぼくの手元にある。

よほどのことがない限り、鏡が発見されることはないだろう。一安心といえば一安心。

だが、相手は三途川である。安心しきることはできない。

次にすべきことは何かないだろうか。ぼくは頭に指をあて、考えこんだ。三途川の出方次第だろうな。ぼくが動くことによるデメリットもあるのだ。

　三途川もしばらくの間、ぼくと同じように頭に指をあて、何やら考えていた。だがぼくと違うところは、考えつつも、やたらべらべらとしゃべっていたことだ。ぼくはその様子を見て、以前の事件のときもそうだったのを思いだした。この男はあのときも、誰にともなく、わけのわからないセリフをやたらと口にしていたっけ。きっと、彼の癖なのだろう。

　巨大なつむじ風、ルックスのいい少女、笑いのない怪奇性、深紅の血だまり、これらの関係を熱心に説明し始めた（おまけに、混乱しているためか、いつものことなのか、もはや日本語の文法に則《のっと》っていなかった。発音もおかしい）。彼の興味がどんどん机から離れているようであり、そのことはうれしかった。

　引き出しをめぐるぼくの冒険をつゆとも知らず、ママエはあいかわらず困り顔を見せていた。ただし、いまでは、三途川も玄関で困り顔を見せているので、情けなさは弱まっていた。

　なお、彼女の困り顔は、三途川同様に玄関の怪事についてでもあったが、それだけでなく、病院で治療を受けているはずの緋山についてでもあったようだ。ちらちらと電話を気にする彼女の表情に、そのことが表れていた。病院に電話をかけてみようかと考えているのだろう。——が、玄関の怪事から五分程度経ったとき、電話が鳴った。

ママエがびくんと震えた。

「あっ」

彼女は期待の色を顔に表し、受話器を取ろうとした。しかしながら、ママエが受話器を取る前に、ベルはやんだ。ママエは首をかしげた。

さっさと切れるということは、病院からの電話ではなかったに違いない。きっと、間違い電話か、探偵に依頼しようとした誰かの気が途中で変わったのだろう。うちの電話は安物の古物であり、着信履歴なんて見ることができないから、かけ直すことはできない。いずれにせよ、どうでもいいことだ。

やがて、三途川とママエは玄関の掃除を始めた。といっても、ガラスの破片を集めているだけだが。掃除しているときも、ママエは電話を気にしていた。そんなに気になるなら電話をかけるなり、病院に行くなりすればいいのに。

一方、三途川は——ぼくはもちろん、こいつに最大限の注意を払い続けている！——依然として考えごとを続けているようだった。べらべらとしゃべることこそやめていたが、ホウキを動かしながら考えごと。器用なやつだ。

ママエはホウキで、三途川の持つ塵取《ちりと》りに破片を掃《は》きいれた。三途川が立ちあがりながら、

「ドアに風穴があいてしまいましたね、ポスターか何かを貼って隠したらどうですか」

と提案したとき、事務所の反対側——つまり、台所がある方から女性の叫び声が聞こえた。台所の窓は路地に面している。

「火事！　火事よ！」

ぼくは、机の下に隠れたまま、叫び声がした方に目を向ける。火事？　どこが？　近いのか？　救急車のお次は、消防車の出番か？

三途川は敏感に反応した。

「火事だって！」

彼は立ちつくすママエをほったらかしにし、応接室に駆けこんだ。叫び声がした方向のドア——台所のドアを開ける。間髪容れず、中に飛びこむ。

ぼくは怒りに震えた。

だから、勝手に入るんじゃないといってんだろう！

彼が台所にいたのは数秒ほどにすぎない。入ってきたときと同じように、ドアに挟まれるんじゃないかと思うぐらい、あわただしく姿を現した。

「た、た、た、大変です！」

舌と足をもつれさせつつ、彼は再び玄関に。消火器を手に取り、すぐさま引き返してきた。彼は応接室を通りすぎ、台所のドアを開け放つ。そして、中に飛びこんだ。

先ほどは、あまりにも素早くドアが開閉されたので、ぼくは中の様子をロクに見ることができなかった。いま見てみると――

馬鹿な！

ガスコンロから黒い煙があがっているではないか。


なぜ！

ぼくとママエは、何か火にかけていたか？　ガスコンロをつけっぱなしだったか？

ええっと、最後に使ったのは……。

ぼくは、咄嗟に火事の原因を考え始めたが、すぐに「いま考えることはそんなことじゃない！」と自分に言い聞かせた。

駄目だ。自分はまた混乱してしまっている。ガスコンロを最後に使ったのがいつだったかを考えるのはあと回しにすべきだ。ここには大切な書類だってあるんだ。書類が灰になると事務所営業に無視できない支障が……こらこら、それも違う！　経済的な心配もあと回しだ。

まずは火を消さなきゃ！

そう、それが最優先なのである。

さいわい、ガスコンロの上で何か燃えているだけなら、ボヤだから、三途川に任せておけば――と思いながら、台所の様子をあらためて観察したぼくは驚かざるをえなかった。


ええっ！

カーテンに火が燃えうつっている！

わが目が信じられなかった。嘘だろ？　誰か嘘といってくれ！

台所では黒い煙と白い煙が闘っていた。

白い煙は消火器の粉であり、その指揮官は三途川だ。黒い煙の指揮官は、台所を不気味に赤く照らす炎。大火事とはいわないまでも、ボヤから一段階勢いがついた規模である。

三途川は、

「ここはもう、駄目です！」

と大声をあげたのち、後退した。応接室から消火器を使うだけの態勢に変更。ぼくがいるのは床付近なので煙は大したことない。しかし、三途川の顔がある高さではそうでもないのだろう。彼はいくどとなく、ゲホゴホ、ガホゴホ、激しい咳を繰り返した。

しばらくゲホゴホガハゴホという苦しそうなメロディが続いたあと、ガタン！　三途川が消火器を床に転がした音であった。

「南無三《なむさん》！　避難します！」

そんなっ！

白い煙の指揮官が避難宣言したのをいいことに、黒い煙の指揮官が応接室まで姿を現した。応接室の中も燃え始める。冗談じゃない！

このままじゃ、さらに広がって大火事になるんじゃ……。

燃えやすいものは腐るほどあるぞ。

元、白い煙の指揮官、三途川は避難宣言したものの、あいかわらず咳を繰り返していた。もしかしたら、黒い煙で視界が奪われているのかもしれない。机の下から見あげているぼくには、その様子がよくわからない。

ぼくもここから逃げないと……。そのあとで電話して消防車か。いや、先に消防車？　近所の人がすでに呼んでくれていると助かるんだが……。

そしてぼくは、ぞっとした。気がついてしまったのだ——

鏡！

事態は大変にまずいのだが、引き出しに入れたままの鏡、あれに火が届くのは、ことさらにまずい！　事務書類の比ではない。鏡を放っておいて脱出するわけにはいかない。

鏡だから燃えるってわけじゃなかろうが……。しかし、もしかしたら、火にかけられた鏡はふしぎな機能を失うかもしれない。

それに、火が直接鏡にダメージを与えるとは限らない。火事で家の中のさまざまなものが破損したときに、何かが鏡の上に落ち、鏡を割ってしまう可能性もある。

なお、ぼくをぞっとさせたものは、ほかにもあった。

火事を起こしてでも机の引き出しを開けさせる——それこそが三途川の目的なんじ

ゃないか？　ぼくは、その可能性に背筋を凍らさざるをえなかったのである。だって、いかにも、この外道めが考えそうなことじゃないか！

つまり、火事は三途川のしわざ……。先ほど台所に飛びこんだときに火をつけたのであろう。あれ？　でも、その前に誰かが悲鳴をあげていたような……。だからこそ、彼は台所に飛びこんだんじゃ。まあ、そんなのは共犯者がいれば……。

いや違う！　三途川のしわざだとするなら、おかしな話になる。三途川にポーチを探してやろうという腹があったとしよう。この場合、彼は、強引な家宅捜索でそれをやろうとしていたはずではないか。その策は失敗したが、それはぼくが行動したからだ。あらかじめ予想できたものではない。

消火器作戦のあと、彼はぼくの視界から一瞬たりとも消えていない。共犯者に次なる作戦を伝える暇なんてなかった。

だから、この火事は三途川のしわざではないのである。

しかし、なんにせよ、いまは長考している場合じゃない。

火の手が机に回るのは、時間の問題だ。くそう、三途川のやつがさっさと事務所の外に出てくれれば、いろいろとやりやすくなるんだが。こいつ、避難宣言したくせになかなか外に出ていかないじゃないか。さっさと出ていってくれ！

——と、そんなことを考えているとき、机が激しく揺れた。

また何か事故でも？

ぼくは机に目を向けた。

そこに、ママエがいた。

「なんで⁉　開かない！」

いつの間にか、彼女はぼくのすぐ近くにいたのである。目の前に、彼女の足があった。足は震えていた。

火事が起こってから、ぼくは彼女のことをすっかり忘れていた。

鏡に一番愛着を持っているのはママエなのだ。彼女にとっての鏡は、探偵業の道具以上の存在だ。三途川による強引な家宅捜索のときには、鏡に気が回らなかった彼女だが、さすがにここまでになるといやおうなく気づかされたようだ。

彼女は応接室に入り、鏡を持ちだそうとしていた。鍵のかかった引き出しを開けようとしているのだろう。開かない引き出しの取っ手を、両手でつかみ、力ずくでひっぱっていた。

「開かない！　開かない！」

まるでそれが机の引き出しを開ける呪文であるかのように、彼女は叫んだ。しかし、自分の行為の不毛さに気づいたらしい。今度は、

「ない！　なんで！」

という叫び声が部屋に響いた。小物入れに入れた鍵を探しているのだろう。そこにあるはずの鍵は、いま、ぼくが抱えている。

「なんで！　そんな！」

その声から、彼女が泣いているのだとわかった。

「なんで、なんで……！　なんで……なんでぇ……」

震え声。ぼくの胸は痛んだ。


――考えるのは、あと回しだな。

三途川が同じ部屋にいる中で、ママエに話しかける危険性。鏡の入ったポーチを、三途川の傍で引き出しから出す危険性。それらを考えるのは、あと回しだ。ぼくは覚

悟を決めた。

机の下から出たぼくは上を見あげ、

「ママエ！」

と声を張りあげた。彼女はぼくに気がついた。彼女が下を向くと、その目から涙の粒が零れ落ちた。ぼくは鍵を両手で掲げた。

「鍵は、ここだ」

三途川は四、五歩ほど離れたところであいかわらず咳をしている。いまの声が聞こえていなければいいのだが……。ぼくは祈った。

ひったくるようにして鍵を受け取ったママエは、ためらいなく、引き出しを開けた。ポーチを取りだす。チャックを開け、中を確認。続いて、外に向けて走りだした。


ここで、三途川のやつだ。

外道野郎だ。

それは、早業《はやわざ》であった。

彼もまた、外に向けて急に走りだしたのだ（いままでぐずっていたくせに！）。その際、ママエに不自然に近づいた。そして、ママエの持っているポーチを叩き落としたのであった。

あまりのことに、一瞬、ぼくの視界は真っ白になった。ポーチがどこに消えたかと思ったぐらいだ。床に転がっていた。そのときまだ、ママエも十分に事態を理解できていなかったようだ。目を丸くして、三途川の顔を見つめていた。彼女はぼくに遅れて、床に目を向けた。

ポーチのチャックは、先ほどママエが中を確認したため、開いていた。そしてポーチの周囲には――

――鏡の破片が散乱していた。

三途川が一言、

「あ、ごめん」

といった。

やがて、消防車がやってきた。近所の人が呼んでくれたそうだ。泣き叫び、四つん這いになって鏡の破片を拾い集めるママエは、消防隊員に怒られた。火はあっという間に消えた。火が消えたあと、三途川はすぐに帰った。

病院に連絡をしたところ、緋山の容体は深刻であり、意識不明とのこと。

その晩、ママエは事務所の玄関に掲示を出した。

大変勝手ではございますが、
XX年一月X日をもちまして、
襟音探偵事務所は閉鎖いたしました。
長い間、誠にありがとうございました。

所長　襟音ママエ

第二幕　完全犯罪

「完全犯罪は可能だよ。ただ、それには完全な犯人が必要なわけだ」

「そりゃ、そうだろう」ヘアは肩をすくめながら言った。「しかし、完全な犯人なんて……」

「そんなものは、生きた人間の世界では会えそうもない、神秘的な存在だと、きみは言うんだろう？」

「そうさ」ヘアは大きな頭をうなずかせた。

トレヴァーはため息をつき、ふたたびぶどう酒をすすると、細いとがった鼻の上の眼鏡をなおした。「いや、ぼくもじつをいうと、まだそんな男にぶつかったことはないがね。でも、希望だけは、すてたことがないよ」

ベン・レイ・レドマン『完全犯罪』

万国旗が張られた。折紙の輪を繋いで作った飾りが並べられた。壁には鏡がかけられていたが、その横に垂れ幕が下げられた。

ダイナは日本語が読めないので、垂れ幕に書かれた言葉の意味を理解することはできなかった。しかし墨汁《ぼくじゅう》による手書き文字だったので、勢いのよい字体から、書いたものの喜びと昂揚感を察することができた。同じことは、エクスクラメーションマークが二つ並べられていることからも容易に推察できた。ダイナは鏡に尋ね、それが、

「緋山探偵、襟音探偵、祝ご引退!!」

という意味であることを知った。

パン！　クラッカーが鳴った。

三途川理である。彼は垂れ幕に向かって、英語で叫んだ。

「おめでとう、引退、おめでとう！」

続いて、鏡に向かって叫んだ。

「ドドソベリイドソドベリイ！

襟音ママエの顔を映せ！」

鏡にマルガレーテの顔が映った。

「襟音さん、引退おめでとう！」

彼は鏡めがけ、二つ目のクラッカーを鳴らした。

「ドドソベリイドソドベリイ！

緋山燃の顔を映せ！」

鏡の映像は緋山の顔に切り替わった。

「緋山君、引退おめでとう！」

彼は鏡めがけ、三つ目のクラッカーを鳴らした。使用済みクラッカー三つを床に投げ捨て、今度は、

「ドドソベリイドソドベリイ！

どこのものでもいい、盛大な拍手を！」

と命令。鏡に映ったのは、野球の観客席。試合で何か展開があったのだろう。客たちは一斉に歓声をあげ、手を叩いた。探偵はうっとりと目を閉じた。

「ドドソベリイドソドベリイ！

盛大な拍手を！」

鏡に映ったのは、演奏会の客席。演奏が終わったところなのだろう。客たちは席から立ちあがり、惜しみない拍手を轟かせた。二人の探偵の引退を祝す残る一人の探偵は、目を閉じたまま片足を高くあげ、新体操やバレエのようなポーズを取った。

「ドドソベリイドソドベリイ！

盛大な拍手を！」

鏡に映ったのは、どうやら教会のようだ。ただし、視点は教会を背にしている。結婚式が終わったところなのだろう。左右に分かれた二つの列から、祝いの米粒が投げつけられた。激しい拍手がとめどなく巻きおこった。

探偵は足をおろし、目を細く開け、どこか遠くを見つめた。両手を大きく広げ、鏡の中の人たちを抱きしめるかのように、ぎゅっと、自分自身を抱きしめた。

「ドドソベリイドソドベリイ！

どこのものでもいい、陽気なジャズを一つ頼むぜ！」

鏡の中に、どこかの誰かによるジャズ演奏風景が映された。若い探偵はステップを踏み、頭を振り回した。

「ドドソベリイドソドベリイ！

ボリューム、もっと！」

演奏の音が大きくなった。探偵の動きも大きくなった。

新女王が自分であると知った（勘違いしていた）ときの自分の喜び方もなかなかのものだったけれど、こうやって他人を見てみると……うん、みっともないわね。気をつけなくちゃ——とダイナは心の中で呟いた。だが、すぐにつけたした。——でも、私はここまでじゃなかったし、大体、一人きりのときだけだったのよ。この子、私がいるのを忘れてるのかしら？　人目も気にせずに、まアまア……。

みっともなく喜ぶ探偵は、

「空を見よう——」

と、誰にともなく脈絡のない言葉を放った。

「――空を見よう。夜に見あげよう。今宵《こよい》の声なきオペラ、動きなきサーカス！　寄っておいで見ておいで、あれに浮かぶは三ツ星でござい、あれに浮かぶは大三角形でござい……だが忘れちゃいけないね、あんなのみんな、遠い世界のことなんだぜ！　あれらの星のどれかはもう、いなくなっているかもしれない、輝きを失っているかもしれない。ただそれは、耳をすましてもわからない、目を凝らしてもわからない。

あるとき、母親は二人の子供にいいました。

『二人とも自分の持ち物に名前を書いときなさい。どっちがどっちのものかわからなくなるわ』

弟は答えました。

『書くのはお兄ちゃんだけでいい。そうすりゃ書いてない方がぼくのだってわかるでしょ』

白黒の絵を描くために必要なペンは黒色だけだ。白色のペンはいらない。リングの上でレフェリーは勝者の名のみを告げる。それだけで敗者の名も決まるんだ。だからいいか、ミジンコどもよ――ああミジンコどもよ、耳と目をかっぽじって聞きたまえ。名探偵を名乗るのは三途川理だけでいい。そうすりゃ名探偵は三途川理だってわかるでしょ！　さあさあ、さささあ、空を見よう。名探偵を見あげよう！」

ジャズが、穏やかなメロディラインに入った。探偵はダイナに踊りながら近づき、跪《ひざまず》いた。手を差し伸ばし、

「——一緒に、踊っていただけないでしょうか」

といった。

ダイナはぴしゃり、と手を払った。

「あなた、忘れているのかしら？」

「はい？」

「私の依頼は小娘マルガレーテをくたばらせることよ！　まだくたばってないじゃない。そりゃ、小娘の鏡の件は評価してあげるけど、まだ終わってないの。ちゃんとくたばらせてよ。そうしたら一緒に踊ってあげてもいいから！　ううん、そのときはむしろ、王宮舞踏会に招待してあげるわ！」

「ふん——」

探偵は鼻で笑ったあと、跪いたまま、頭を下げた。

「——きちんとくたばらせますよ。どうかご安心を、新女王様」

ダイナは不安だった。

ほかの人物に併行して依頼しておくという案もないわけではなかった。つまり、「保険」である。

しかし、保険によって、かえって事態が悪くなる可能性もある。互いの計画がかちあうと大変だし、共犯者が増えるのはそれだけでリスクになる。また、せっかく話に乗ってくれている三途川が機嫌を悪くするおそれもある。

彼の手腕は申し分ない。なんだか、ダイナの依頼を遂行しているというより、ダイナの依頼をきっかけとしてやりたいことを好き放題やっていると感じられる節もあるが、それでも非凡な能力を認めないわけにはいかない。

実際、今日の昼は見事だった。

襟音探偵事務所での一件は評価に値するといえるだろう。毒リンゴが緋山にわたり、マルガレーテが事態のすべてを知るきっかけが生まれてしまったものの、それを回避できた。要は「鏡を使わせる隙を与えない」というだけの強行突破ではあったが、ああも素早く行動に移せたのはさすがだといわざるをえない。

それに、そのあとのこともある。

イングラムが玄関で一騒ぎ起こしたあと、ダイナは、三途川の次なる行動に注目した。ダイナの目には、彼が事件の不可解性に翻弄《ほんろう》されているように映った。彼の頼りない姿に、ダイナは落ちこんだ。別の人にふたたびかけて依頼することを考え始めたのも、そのときだった。

だが、じきに、

「この子、小人のこと、知ってるでしょう？　小人の仕業だってことに気がつかないの？　ほかの人ならともかく、この子だったら気がつきそうなものだけど」

と考えるようになったのだ。それであらためて彼の行動を観察し、はっとさせられた。正確には彼の行動というより、彼の言葉に、である。

ダイナは日本語がわからない。なので、鏡の向こうで使われている日本語を聞き取れずにいたが、三途川がその中に英語をはさんでいることに気がついたのだ。

——キョダイナ

——ルックスノイイショウジョ

——ワライ

——シンク

おそらく日本語として不自然なイントネーションで発音されたに違いない。もしかすると、内容は支離滅裂《しりめつれつ》だったのかもしれない。日本語をネイティブとする人たちが「答え」を知ったあとに聞き直せば、「ばればれだ」と思わざるをえない隠し方だっただろう。日本語のネイティブスピーカーでなくとも、その部分だけ強調して発音していることがわかるぐらいだ。

しかしそれは、その言葉が一種の暗号であることを知ったあとの話だ。あんな場面で、誰かに何かを伝えようとするなんて誰も考えない。おまけに、こんな方法で、である。もう一つおまけに、伝える相手は、目の前にいる誰かではなく、神のごとく鏡で俯瞰《ふかん》しているものなのだ。

――キョダイナ

――ルックスノイイショウジョ

――ワライ

――シンク

――ダイナ

――ルック

――ワライ、シンク

——Dyna
——Look
——What I think
——ダイナ
——見て
——私の考えていること

そして三途川は、彼自身の頭を指差しているではないか！

単なる偶然ではないとダイナは判断した。前の晩にダイナは三途川の頭の中を映したが、あのとき彼は、自分の頭をどう働かせればどういう光景が映るかの感触を摑んでいた。ダイナはそのことを思いだした。

ダイナは鏡に尋ねた。

「ドドソベリイドソドベリイ！

彼の考えていることを映して！」

発光のあと、鏡には三途川の姿が映った。鏡の中の彼は安楽椅子に腰かけ、目の前のテーブルに両足を乗せていた。その格好で、鏡の外——すなわちダイナに向かって、延々《えんえん》と言葉を発していた。

「この映像を見たあとは襟音探偵事務所に電話をかけて下さい。三回だけコールを鳴らして切って下さい。番号は鏡で調べて下さい。終えたら再びこの映像を見たあとは襟音探偵事務所に電話をかけて下さい。三回だけコールを鳴らして切って下さい。番号は鏡で調べて下さい。終えたら再びこの映像を。この映像を見たあとは襟音探偵事務所に電話をかけて下さい。三回だけコールを鳴らして切って下さ——」

ダイナは慌てて、鏡で電話番号を調べ、三回だけコールを鳴らした。そして再び彼の頭の中を見てみると、三途川が鏡の外に向かって話していた。

「いやあ、気がついてもらえてよかったです。いろいろと作戦を考えたのですが、その一つを実行しますね。

いまは目撃者がほとんどいません。だから、極端なことをいえば、ここでさくっと小娘と小人を殺害して逃げるだけでもOKなんですが、それだと、うっかり片方逃がしたときが厄介です。

すでにかなり強引なことをしましたからね。今回はもう少しだけ慎重な方法を取りましょう。で、一つ、あなたにもご協力願おうと思います。簡単なことです。襟音探偵事務所の裏――ア、つまり、ここですね――」

三途川がテーブル辺りの宙を指差す。すると、そこに地図が浮かびあがった（頭の中の世界だから、なんでもありなのである）。ダイナがいるホテルと、襟音探偵事務所の両方が入った地図だった。襟音探偵事務所の裏に星マークがついている。

「――ここにいって、『火事！　火事よ！』と叫んでほしいんです。それだけなら、鏡は犯罪と見なしません。というより、叫ぶのは、別に犯罪でもなんでもありませんからね。王位継承権には影響しません。

いいですか。日本語で『カジ！　カジヨ！』です。すぐに覚えられるでしょう。叫び声だから細かい発音やイントネーションはどうだっていいんです。もし忘れたりしたら、鏡に聞いて下さい。『三途川理が私にいわせたかった言葉ってなぁに？』とね」

ダイナには信じられなかった。

もう何度も思ったことだが、あらためて思わざるをえなかった。はたして、この探偵が使っている（間接的に使っている）鏡は、この間まで自分の部屋にあった鏡と同じなのか？　同じといえるのか？

もちろん、同じだった。違うのは使用者にすぎない。それだけで、鏡の働きはこれほどまでに大きく違ってくるのだ。

ダイナはホテルを出て、三途川の指示通りに動いた。ホテルに戻って光景を見てみると、あの火事騒ぎ。マルガレーテは鏡とお別れすることになった。ダイナは感心した。

「そうよ、敵が鏡を持っているから微にいり細をうがつ必要があったのよ！　敵から鏡を奪ってしまえばよかったわけよ。私、なんでこんなことに気が回らなかったのかしら！」

なお、あとで鏡に尋ねて知ったことだが、火事は三途川によるものだった。ダイナの声に応じて台所に飛びこんだとき、すばやくコンロに火をつけ、カーテンの端をつっこんだのだ。そのうえ、消火器の粉で視界を悪くしたあとは、いろいろなものを火に放りこみ、応接室まで火を誘導した。

ホテルに戻った三途川は、

「玄関における消火器の怪事について、はじめは、本気でふしぎに思いました。ですが、数秒で察しがつきました。机の引き出し辺りに虫みたいな何かが動いているのも、横目でうっすらと確認できました。それが机の下に隠れるのも確認できました。だからいうなれば、その後はお遊びみたいなもんでしたね」

と述べた。

緋山の一件が起きたあと、マルガレーテたち（正確にはイングラム）が鏡に事件の背景を尋ねなかったのは、単に人目を気にしてのものだった。そのため、三途川は事務所からひとときも離れることができなかった。少しでも離れると、その隙に鏡を使用されてしまうかもしれなかった。

そこで、事務所からずっと離れないことを逆手に取った。自分が火事を起こしたのではないという「アリバイ」、共犯者に指示を出したのではないという「アリバイ」を手に入れた。そして、まるで火事騒ぎに反応しているかのようなふりをして、火事を起こすことに成功したのであった。

火事の際、マルガレーテたちが鏡を持ち出すことは想像に難くなかった。三途川の前で鏡を持ち出すことには、警戒心が働いただろうが、アリバイがいい働きをしてくれた。もしマルガレーテたちの目の前で火を放ったとしたら、いくらなんでも、こうはならなかったかもしれない。あまりにも露骨な狙いを目前にした彼女らが、別の策を講じた可能性はある。

なお、鏡の能力を知らない周囲の人たちにとっては、たかが鏡一枚の破壊なんて、大したことではないだろう。火事となれば、尚更どうでもいいこととなる。大事の前の小事とみなす。現に、消防隊の人たちがそうだった。

荒っぽい解決だった。が、緋山が毒を口にしてしまうという致命的なハプニングを前にしたとき、普通の人なら――たとえばダイナなら、お手上げだったに違いない。それを、彼は窮状を凌いだばかりか、鏡破壊までやってのけた。守を転じて攻となしたのである。

だからダイナにしてみれば、よくやってくれたと感心するほかない。彼の能力に不満はない。

だが、暴走気味の姿勢には不安を感じずにはいられない。

ママエは探偵事務所閉鎖の通知を玄関に貼ったあと、ずっと、応接室の椅子に座っていた。応接室は半分焼けていた。彼女の目はどこかに向けられていた。あるいは、どこにも向けられていないのか。彼女は一言もしゃべらなかった。

玄関の風穴に新聞紙を貼りおえたぼくは、応接室に戻った。

「ママエ」

「…………」

「おい、ママエったら」

「…………」

「返事くらいしなよ」

「…………」

やはり、一言もしゃべらない。


襟音ママエにとって、鏡は母親の形見《かたみ》であった。かつて母親は病床で、ママエに鏡を手渡し、

「この鏡はお母さんにとってね、あなたの次に大切なものなの。これさえあれば、あなたはなんでもできるわ。なんでも、なりたいものになりなさい」

といった。そのときぼくには、その「なりたいもの」ってのが、まさか探偵だとは思いもよらなかった。母親も考えていなかっただろう。数年後にママエが「探偵になろう！」といいだしたとき、ぼくは呆気《あっけ》にとられたものだ。

だが、ママエがやりたいっていうんなら――と思い、ぼくは事務所を営業するための法律やしきたりを調べた。ママエが表に立ち、ぼくが裏方《うらかた》となり、襟音探偵事務所

がスタートしたのだ。

それから、すったもんだがあったわけなのだが、思えば、ママエの目標は探偵業そのものにはなかった。探偵業に対するママエの姿勢を振り返るとそう考えざるをえない。

彼女は単に、鏡を活用したかったのだ。探偵になれば鏡を活用する機会が増えると思ったのだろう。母親の形見である鏡と一緒に何かをすることで、母親と何かをしている気分になっていたのではないだろうか。母親を失ったくせに彼女が元気であり続けたのは、そのことで説明がつくのではないか。

割れた鏡が質問に答えなくなることは、ぼくもママエも知っている。こうしてママエの半生（ていうほど長くはないけど）を振り返ってみると、鏡を失った彼女がすぐさま探偵事務所を閉鎖するのも、しゃべらなくなってしまうのも必然といえよう。

いまの彼女には生きる気力が感じられなかった。

——だが！　だが、そんなことでは困る。生きる気力がないからといって、こうも死人のような顔でいてもらうわけにはいかない。まだ中学生だっていうのに。ぼくは、天国にいる彼女の母親になんていいわけすりゃいいんだ。まったく。半生というのも短すぎて気がひけるぐらいだぞ。

ぼくは励ましに努めた。

「事務所だったらいつでも再開できるって。鏡がなくてもできるさ。つうか、普通は鏡なしで探偵するもんじゃん。これまでに培《つちか》ったコネが強力な武器になるよ」

「…………」

「焼けた書類は把握できたよ。あれならリカバーできるから安心して。なくてもなんとかなるものとか、ぼくがたまたま覚えていたから作り直しできるものとかばかりだったからね」

「…………」

「推理するときはぼくがやるよ。ふふ、ずっとトレーニングしてきたんだぜ。ぼくの賢さに、ママエもびびっちゃうんじゃない？」

「…………」

「あーっ、もう！　知らん、勝手にしろ！」

ぼくは座布団の上に身を放り投げた。そのまま寝てやろうと思った。そのとき、彼女の声が数時間ぶりに、喉から発せられた。

彼女は、テーブルの上に並べられた鏡の破片に向かって、弱々しく、

「鏡さん……鏡さん……一足す一は……？」

と尋ねた。もちろん、破片は光らない。

「……昨日のお天気は……？」

光らない。ママエはふたたびしゃべらなくなった。
ぼくは寝るために、目を瞑った。
目を瞑って考えた。
ママエの気力は彼女自身に任せるしかない。
しばらく放っておこう。

ぼくは別のことに頭を切り替えた。
気になるのは二つ。

一つは、緋山の容体だ。今日、ママエを面会にいかせるべきかと考えていたのだが、電話をかけるのが遅くなってしまい、面会が許される時刻を過ぎてしまった。電話をかけたときには、まだ意識が戻っていなかった。明日の午前はいろいろと診《しん》察《さつ》があるらしい。午後からママエを面会にいかせよう。ママエがまだこの調子だったら、ぼくだけでもなんとか様子を窺いに行きたいものだ。

そして、もう一つの気になること。
それは、三途川のクズ野郎だ。

気になるのは、もちろん、「あいつが何をどこまで気づいていて、事態をどこまで操作していたのか」ということだ。

鏡に聞きたいところだが、それはもう叶わない。

ポーチに興味を持っていたのは確実だ。しかし、彼はポーチを迷わずに叩き落とした。これではまるで、興味を持っていたというより、中身を破壊したがっていたとしか思えないじゃないか。しかもあの様子では、中身が鏡ということさえ知っていたんじゃないか？　そしてその鏡の能力も……。

でも、どうやって？

どうやって中身を知ったんだ？

三途川が帰ったあと、ぼくは事務所内に盗撮カメラがしかけられてるんじゃないかと疑った。それで、隈《くま》なく探した。しかし見つからなかった。どさくさに紛れて三途川が回収したのだろうか。

そう考えることもできるが、別の考え方もできた。――三途川のやつがぼくたちの故郷と接触したのでは、という考えだ。この方がすっきりする。

ぼくたちの故郷は特殊な存在であり、特殊な場所にあるので、特殊な経路を知らないと辿りつくことはできない。だから、三途川が接触したといっても、彼が自力であちらにいくことはないはずだ。その場合、彼のもとに来訪者があったと考えるべきだ。実は、鏡を使っての探偵業を始めたとき、ぼくはこういう事態を懸念していた。

襟音ママエ——故郷での名はマルガレーテ・マリア・マックアンドリュー・エリオット。

ママエの正体は、ぼくらの故郷の王バンダースナッチ・ヴィルドゥンゲンの隠し子だ。こちらで生活を送るために母親のつけた第二の名が襟音ママエであった。彼女の持っている（いまとなっては、持っていた）鏡は本来、王家のものだった。その一部を、母親がくすねてきた。

ママエはそういった事情を一切知らない。母親は何も教えずに息を引き取った。母親に頼まれていたので、ぼくも黙っていた。

ぼくは探偵業を始める際、

「こいつのやり方だと、そのうち故郷のやつらに気づかれてしまうんじゃないか？　そしたら、隠し子だってことがどうのこうのとなり、面倒くさいことになってしまうんじゃ？　ママエとの生活を続けられないし、彼女の母親がのぞんでいたようにはならないんじゃ……」

と気になっていた。しかし、それをママエに相談するわけにもいかなかった。鏡に聞くにしても、将来のシミュレーションはいま一つ当てにならない。

結局、ママエが「やろう、やろう」とはりきっていたので、探偵業に踏みきることになったのである。しばらくして、心配は無用だったと思うようになった。人々はママエの推理法に大して興味を持たなかったし、たとえ持ったとしてもママエには演技をするだけの器用さがあったからだ。けど、やっぱ、心配は妥当《だとう》なものだったのかもしれない……だって、今回の件はどう考えたって……。

こうなったら……

ぼくは電話機に向かった。

電話をかけてみたい場所が一つある。

ぼくの故郷だ。

「もしもし？」

「もしもし、どちらさまで……」

「ぼくです、グランピーです。その声は、ドーピー兄さん？」

三途川の不可解な一件も含めて今後の探偵業をどうしたものか、相談に乗ってもらうために、ぼくは兄さんたちを呼んだ。ドーピー、ドク、スリーピー、パッショフル、スニージー、ハッピー、六人の兄さんだ。ぼくたちは七人兄弟であった。
特にドーピー兄さんは警察だ。頼りになるに違いない。

🍎　🍎　🍎

ダイナはテーブルに手を叩きつけた。

「ちょっと待ちなさい！　どういうこと？」

クラッカーから飛びでたリボンを頭にのっけた三途川探偵は、ソファに腰かけ、足をのばしていた。ダイナの金切声もどこ吹く風。

「もう一度、いってみなさい！」

ダイナのリクエストに応じ、探偵はもう一度いった。

「明日、緋山を殺します」

「マルガレーテは？」

「そのあとで」

眉間に皺をよせるダイナ。眼をぎらぎらさせ、尋ねた。

「なんでよ？　とっととマルガレーテを殺してよ！」

「あなたは先ほど聞かなかったんですか？　だったら、もう一度聞いて下さい——

ドドソベリイドソドベリイ！

緋山燃の回復をシミュレートしろ！」

探偵は鏡に向かい、声をはりあげた。

鏡が光り、答えた。

「現在、緋山燃には意識がありません。今夜が山となります。ですが、いまのペースで回復すると、明日の昼三時に意識が戻るでしょう。特に後遺症《こういしょう》は考えられません」

緋山は救急車で運ばれる前、自分で、胃の中のものを外に出していた。自らによる応急処置がきいたのかもしれない。

探偵は、今度はダイナに向かって、諭すような落ち着いた口調で声をかけた。

「鏡によるシミュレーションなので、天気予報と同じで百パーセントの保証はありません。しかし、目安にはなります。おそらくこのままだと、緋山は遅かれ早かれ、意識が戻るでしょう」

「だから何？　そんなことはどうでもいいから――」

「どうして、どうでもいいことがありましょう。昼三時という時間に保証はないのですよ。回復していることそのものがまずいのです。いますぐに意識が戻るかもしれません。マルガレーテ殺害の準備をしている最中に緋山が目を覚ますことがどれだけ厄介か、考えてみて下さい。目を覚ました緋山は何をおいても、自分に毒を盛ったのは誰か、と推理を始め、さまざまな形で我々の壁となるはずです。それを避けるためには、ベッドで眠り続けている間に、緋山を殺さねばなりません。

なんなら、鏡が『緋山はもう回復しません』と答えたとしても念には念を入れ殺しておくべきだ、と考えてもらってもいいです」

「そんなに厄介なの？」

「あいつの推理力がなかなかのものだということは認めざるをえません。名探偵三途川理ほどでないにせよね。自分は大抵の事件を『あっ』という間に解決してしまうんですが、あいつだって『あっあっ』という間にぐらいには解決してしまうんです」

「でも……」

「探偵の敵は探偵なのです。鏡のない小娘は探偵じゃありません。真に油断できないのは、緋山であります」

「うーん……」

ダイナは皺をよせたまま、唸った。理屈としてはわかる。

だが、三途川の私怨《しえん》が多分に加味されていないか。それどころか、私怨そのものではないか。単なる暴走ではないか。ダイナは見極められずにいた。

「明日の昼に始末しましょう。二時までには済みます」

と三途川。淡々とした様子だが、奥底に、誰にも曲げがたい固い意志が感じられた。

変にへそを曲げられても仕方ないし……。午前中に始末してくれるというのなら……。――ダイナは妥協しつつあった。

王位継承とは無関係の青年を一人殺すことに、良心がチクリと痛んだ。しかし、三途川のいう通り、彼はダイナ女王即位の致命的な障壁となる可能性を秘めている。ダイナはこの点を重要視して、緋山殺しの正当性を自分自身に納得させた。

「マルガレーテはいつになるの？」

「緋山のあと、すぐに。策はいくらでもあります。とかく、緋山の野郎が目を覚ましさえしなければ、余裕です」

「緋山っていう子をやっつける策は？」

「そちらも、いくらでも」

三途川には、ダイナを心配してくれている気配がまるでない。王位継承に関する自分の焦燥感《しょうそう》を共有してもらえないように思え、ダイナは歯がゆい思いを味わった。

怒り。悔しさ。もどかしさ。彼女はそれらを言葉にして探偵にぶつけようとしたが、叶わなかった。それに、たとえぶつけられたところで、だからなんだというのだ。目前の探偵が応えてくれるとは思えない。もし探偵の頭の中に、私怨が渦巻いているというならなおさらだ。自分は自分なりにできることを精一杯やるしかない。それは、探偵の尻を叩くことじゃなくて——。

「いいわ、やってちょうだい。ただし、忘れちゃ駄目よ。マルガレーテ暗殺が間にあわなかったなら、一銭だって払わないから!」

ダイナは部屋のドアを開けた。探偵が声をかけた。

「どこに行くんです?」

「ちょっと散歩してくるわ。頭、冷やすの」

探偵は鼻で笑った。

「それがいいかもしれませんね」


——保険をかけないと。

それこそが、ダイナの判断した「自分にできること」であった。

ダイナが部屋を出たのは、事実、頭を冷やすためのなかば衝動的な行動であった。が、同時に、保険を探すための行動でもあった。すなわち、マルガレーテ殺しを依頼するところをほかに探しだすということだ。

時間は夜九時。——どこか、いいところないかしら？

鏡は部屋に置いてきた。自分の足で探さなければならない。

ダイナは当てもなく、夜の街を歩いた。

ところが、うまい話がそうそう転がっているわけもなかった。

ダイナは普段あまりに恵まれた生活を送っているので、どうも世間というものをよくわかっていない。はじめての異国の地となれば、いっそう右も左もわからない。その点は自覚もある。

だが、やるだけやってみようと思ったのである。

とはいえ、空振りに次ぐ空振り。いや、空振りどころではなかったかもしれない。

そもそも自分は何かを振っているのだろうか。——ダイナは嘆いた。

朝の四時、五時まで粘ったが、結局、収穫なし。朝までやっている飲み屋の明かりに、片端からふらふらと足をつっこんだだけの数時間であった。ホテルの近所に二十四時間営業のコンビニエンスストアがあることも把握できた。くだらない発見だ。

当然といえば当然の失敗である。鏡に依頼先を推薦してもらったときとは違うのだ。

ダイナは、とぼとぼとホテルに戻った。

探偵はまだ起きていた。鏡を使って何やら思案している。

鏡には、向かいあった四組のドアが映っていた。

「何これ？」

とダイナ。

向かいあった八つのドア。その間を廊下が奥に伸びている。赤いランプがかろうじて廊下に光を与えていた。まるでトンネルのようだ。一番手前の部屋二つにはそれぞれ、「B6」と「B7」と書かれたプレートが見えた。「Basement Floor」の「B」だ。地下の光景であるらしい。

探偵が説明した。

「緋山が寝ている集中治療室前の様子ですよ。ここには、集中治療室と薬品倉庫が並んでいます。病院の地下に設けられており、出入りのチェックが一番厳しい場所です。この廊下に行くだけでも大変ですが、ここからそれぞれの集中治療室に入るのは、蟻《あり》どころか、煙にさえ難しいでしょうね。防菌《ぼうきん》やらなんやらの都合で、気密性の高いドアが二重に設けられているからです。

そうした部屋の一つにわれらが緋山君も寝ているわけですが、どう料理してやろうか、と思いまして。もう手は打ったので、念のために二重三重の策を考えている段階なのですけどね」

鏡は向こうの様子をリアルタイムで映しているようだ。

部屋の一つから看護師が二人出てきた。せっせと仕事をしている。「薬品倉庫Aで薬を用意しておくのは私がやるわ。あなたは倉庫Bの方の仕事をお願い」、「わかりました」などと会話をかわし、それぞれ向かいあったドアに消えていった。

さながら防犯カメラの映像である。役割としては、防犯ではなく、犯罪支援であるわけだが。そんな皮肉がダイナの頭をよぎった。ダイナは声を立てずに笑った。

「さすがだわ、もう罠《わな》をしかけたのね。本当にすぐ終わりそうじゃない。今回はどうやるの？　また毒リンゴっていうのは具合悪いでしょう？」

夜が明けたら、もう一度保険を検討しなきゃいけないけど、たとえそれが見つかろうと見つかるまいと、この子にはがんばってもらわないとね……。

探偵はにこにこしながら、

「今回こそ、あれをやってやりますよ。そうさ、やってやりますとも！」

「あれって？」

ダイナは首をかしげた。

「完全犯罪です！」

探偵は宣言した。景気づけのためだろうか、床に散らかったリボンを手でかき集め、楽しそうに放り投げた。同じことを何度か繰り返した。

が、四度目か五度目のとき、むっとした表情をみせた。リボンを集めたり放ったりする手が急に止まり、押し黙ったまま、何やらむっつりと考え始めた。

「どうしたの？」

「いえ、なんでも」

探偵は再び、楽しそうにリボンで遊ぶ。ダイナは話の続きを求めた。

「完全犯罪ってなんなの？」

「絶対にばれない犯罪のことですよ。立証できない犯罪でもいい」

「よくわかんないけど、具体的にはどういうことなの」

「さてね——」

探偵は眠そうにまぶたをこすり、ごまかした。

「——先ほどもいった通り、自分はすでに手を打ちました。もう朝になってしまいましたが、いまからでも、自分の部屋に戻って休憩に入るとします。ベッドで何か思いついたときのために、鏡は借りていきますよ。二時間ぐらい睡眠を取ったあとでまた来ます。

ではお后様――いいえ、将来の女王様――よい夢を」

探偵はそれだけいって、話を切りあげてしまった。鏡を抱え、床に散らかったリボンの束を乗りこえ、部屋から姿を消す。

「ちょっと……」

閉じられた扉に向かって、ダイナは呟いた。

「……本当に大丈夫なんでしょうね」

鏡を持っていかれてしまったので、鏡に保険を推薦してもらうのはできそうにない。とはいえ、彼が鏡を使って「完全犯罪」の続きを練るんだとしたら、取りあげるのもよくない。それにそもそも、鏡に保険を推薦してもらうとき、どういう質問にするか、ダイナはまだ考えていなかった。

ダイナは寝ることにした。探偵に強引にスケジュールを決められてしまったので、二時間の睡眠だ。

兄さんたちが事務所に来たのは、火事の翌朝七時だった。ぼくからの電話をうけ、心配して飛んできてくれたのだろう。

玄関の扉にあいた穴から、兄さんたちがぞろぞろと入ってきた。

「おはよう!」

「おはよう!」

「おはよう!」

「おはよう!」

順に、ドク兄さん、スリーピー兄さん、パッショフル兄さん、スニージー兄さん、ハッピー兄さんだ。ぼくたち兄弟は、ぼくだけ一つ歳下、六人の兄さんは六つ子である。彼らは見た目そっくり。

ドク兄さんは、応接室でしょげているママエに、

「ママエちゃん、久しぶり!」

と声をかけた。ママエは目が虚ろのまま、ぼうっとしている。ほかの兄さんも順に、

「久しぶり!」

「久しぶり!」

「久しぶり!」

と声をかける。ママエ、変わらず。

「久しぶり！」

ドク兄さんは、

「ははあ、こりゃ重症だな」

といい、口をへの字に結んだ。「重症だな」「重症だな」「重症だな」「重症だな」とほかの兄さんたち。ちょっとうっとうしいな。

ママエはむすっとした。ソファから立ちあがり、無言のまま、部屋を出てしまった。寝室に向かったのだろう。

ぼくは台所から、ジュースの入ったコップを六つ運んできた。コップはこっちの世界で人形用に売られているものである。コップを一人ずつに渡す。一つ余った。あっちの世界で警察に勤めているドーピー兄さんの分だ。

一番頼りになるドーピー兄さんが、いない？

ぼくは気落ちしつつ、尋ねた。

「ドーピー兄さんは？」

ドク兄さんから答えが返ってきた。意外にも頼もしい答えだ。

「あいつは早速、手がかりを摑んだぜ。すでに容疑者を尾行している」

なんということだろう！　ぼくがママエを元気づけるのに四苦八苦している間、たった一晩で手がかりを摑むとは。

「でも、手がかりって？」

「ほら、お前、いってただろう。虫の好かない探偵がいるって。ええと、なんていったっけ……」

「三途川理」

「そう、そいつだ」

ドク兄さんが、ぼくの顔に人差し指を向けた。

ぼくは、三途川探偵事務所のチラシを机から取り出し、広げた。依頼人が比較のために持ってきて置いていったやつだ。ぼくは、三途川の顔写真を蹴った。

「こいつだよ」

「なある。意地の悪そうな顔をしてやがる」

ドク兄さんも蹴った。五人の兄さんたちとぼくは、顔写真を中心に輪になり、あぐらをかいて座る。五人を代表して、引き続き、ドク兄さんが説明を行った。ほかの兄さんたちは黙って話を聞いている。

「お前の話だと、こいつが、おれたちの世界から来たやつと接触したんじゃないかって話だろう？」

「そう」

そう考えるのが、一番すっきりする。

「お前からの話を聞いたドーピーもね、お前と同じ結論に達した。それで昨夜、あっちの世界を出発する前、簡単な捜査を行った。それで、とある人物が怪しいという情報を掴んだ」

「とある人物？」

固唾《かたず》を飲むぼくに、ドク兄さんが応えてくれた。

「ダイナ・ジャバーウォック・ヴィルドゥンゲン夫人」

あっちの世界のニュースもときどき兄さんから耳に入れてはいるが、いかんせん、あっちの世界における生活は遠い昔のこと。その名前が誰を意味するのか、ぼくが理解するまでに時間がかかった。

時間はかかったが、答えは出た。

ぼくはママエが姿を消したドアをちらりと見た。声をひそめる。

「ママエの親父が結婚したやつじゃないか」

つまり、后だ。

ぼくも、ダイナとヴィルドゥンゲン王が並んだ写真は見たことがある。二人が結婚したころには、ママエの母親はまだ生きていた。兄さんたちはママエの正体を知っているし、彼女に秘密にしていることも承知している。

ドク兄さんは、あっちの世界で、ママエの親父が死んだことをぼくに教えてくれた。ヴィルドゥンゲン王とは面識がなかったためか、ぼくにはあまりショックではなかった。ママエが聞いたらどう思うか知れないけど……。

ぼくは引き続き声をひそめ、

「それで、ダイナがどうして」

「どうもね、こっちの世界に来ているらしいんだよ」

「彼女が、こっちの世界に？　なんで？」

「さあ、理由まではわからん。しかし向こうの世界で、彼女の消息がぱたりと途絶えている。一方、侍女の証言によると、数日前、彼女はこっちの世界に旅する準備をしていたそうだ。時間がない中の、簡単な捜査だったが、同じような証言がいくつも取れた」

ははあ。それは怪しい。

「でも、そんなに証人がいるってことは、別に、お忍びってわけじゃないんだ」

ドク兄さんは首を横に振った。

「いや、お忍びだ。隠れるようにこそこそと準備し、こそこそと出発したらしい。ダイナは王宮生活に慣れていて、あんまり一人で行動したことがないから、隠れ方が下手だったんだよ」

「ありそうな話だな。それで、彼女が三途川に会ったかもしれないということか」

「そういうことだ。さらに驚いたことに、さっき、おれたちはこの近所でダイナらしき人影を見かけた」

「えっ」

ぼくは飛びあがった。

「まったくの偶然だったんだけどな。それで、ドーピー兄さんのやつ、鼻息荒くして尾行を始めたというわけだ」

兄さんたちは、街の明かりを頼りに襟音探偵事務所までの道順を辿っているところ、彼女の姿を見かけたそうだ。彼女は街の明かりから明かりに、行く当てもなさそうにさまよっていた。彼女はときおり、道端で、あっちの世界には見られない珍しい機械やお店に溜息をつき、感心していた。

こっちの世界では、兄さんたちもダイナも、同じよそ者である。同じよそ者同士が、明かりを頼りに同じ町を歩いた結果、ばったり出くわしたというわけだ。そう考えると、偶然の中にも、わずかながらの必然があったのかもしれない。

「もしおれたちが小人じゃなかったら、尾行なんてできなかっただろう」

とドク兄さん。本来ならそこで気づかれておしまいだった、という意味である。ぼくたち小人ほど尾行に向いている者はいまい。隠れることなく向かいあったとしても、相手が自分に気づかないことすらあるんだから。

ああ、兄さんたちに電話をかけたのは正解であった！

特に、ドーピー兄さんはさすがだ。たった一晩でここまで捜査を進めてしまった。偶然の力を借りているとはいえ、誠におそれいる。

ぼくは、兄さんたちに賞賛と感謝の言葉を惜しむことなく贈った。五人の兄さんは照れながらジュースを飲んだ。ひとまず、ぼくたちはドーピー兄さんを待つことにした。雑談ついでといった調子で、ママエを元気にする方法を話しあった。

半時間もしないうちに、玄関の穴からドーピー兄さんが姿を現した。姿を現すなり、ドーピー兄さんは声を張りあげた。

「大変だ！」

ぼくたちは、いっせいにドーピー兄さんに視線を集中させた。

「緋山っているだろう？　そいつ、殺されるぞ！」

リンゴに毒を盛ったのが三途川のクズ野郎かどうか、ぼくにはわからない。しかし、この機を逃すまいという、このいやらしさ。

実に三途川らしい。

ぼくは階段に目をやった。

ママエの寝室に続く階段、である。


朝八時。ダイナはまたもやテーブルに手を叩きつけた。昨夜と同じ光景だ。そして、同じセリフを吐いた。

「ちょっと待ちなさい！　どういうこと？」

三途川探偵はあいかわらず飄々《ひょうひょう》としている。朝食のトーストを食べながら、答えた。

「だから、いったでしょう。あなたの悪事はばれちゃいましたよ。例の小人の兄弟がたまたま警察だったのが最悪でしたね」

ダイナの顔は真っ青になった。三途川は鏡に向かって声を張りあげる。

「ドドソベリイドソドベリイ！

説明してさしあげろ！」

鏡、発光。説明開始。

「グランピー・イングラムは昨夜、六人の兄弟を故郷から呼び寄せました。彼らはグランピーのところに足を運ぶ途中、あなた――ダイナの姿を発見しました。本日の午前三時十七分、XX町XX番地のことです。

兄弟の長男であり、警察に勤めているドーピー・イングラムは、故郷での捜査から、すでにあなたに目をつけていました。なので、彼はあなたを尾行しました。

尾行はこの部屋まで続きました。あなたは部屋に入ったあと、緋山殺害について三途川理と話をしました。それは、あなたに続いてこっそり部屋に入ったドーピーの耳に入ったのです――」

「なんてこと！」

あのとき、この部屋には小人が潜んでいた。――ダイナは、床に膝をついた。

「――その直後、三途川理はちょっとした興奮のあまり、床のリボンを集めたり放り投げたりするという幼稚な行動を行いました。その際、彼は部屋の隅に置いてあるゴミ箱の裏から顔だけ出していたドーピーに気がついたのでした。彼がさっさと話を切りあげたのはこのためです。

先ほど、彼はトイレの中で『いま、尾行してたやつはどこにいるか』という質問を、この鏡に行いました。ドーピーが、襟音探偵事務所に去ったことを知った三途川理は、あなたにそれを報告したという次第です」

鏡は暗転した。

ダイナの目の前も真っ暗になった。

「なんてこと！」

彼女は同じ言葉を何度も口にした。三途川は不満げに、

「なァんか、さっきの鏡の回答、『幼稚な行動』ってのがいやな感じですね」

「そんなこといってる場合じゃないでしょ！」

探偵は苦笑した。

「あのねえ、この件について鏡に詳しく聞きましたがね、新女王様、これぱっかりはこちらの不手際ではありませんよ。勝手に行動して、勝手にばれたんですから。あなたの責任です。

大体あなた、こちらの世界に来るところから、いろいろとボロを出していたみたいですよ。それも、ドーピー・イングラム、つまりあちらの世界の警察の一人から、軽い注目を浴びるほどのボロだったそうで。そんなところまで尻拭いはできませんな」

「なんてこと！」

ダイナは目の前の探偵の髪を鷲摑《わしづか》みにし、一本残らずむしり取りたい衝動にかられた。彼女は髪をむしり取る代わりに、怒りに満ちた言葉をぶつけようとした。

「あなたは……！　もう……もう……！」

しかし、言葉が思いつかない。頭の中がショックで痺《しび》れているのだ。ショックのあまり、思考を硬直させてしまった彼女の頭をやわらげるには、三途川の論理的ななぐさめが必要であった。

彼はこういった。

「しかし、ドーピー・イングラムは警察として動いているのではなく、あくまでグランピー・イングラムの兄として個人的な捜査を行っているだけです。分はまだ我々にあるといっていいでしょう。それに、ご安心ください、盗み聞きされたのは緋山燃暗殺計画だけです。襟音ママエ暗殺計画は聞かれてもいません」

この言葉に、ダイナは少し救われた。三途川は続けて、

「本来なら、あちらは『三途川たちの悪だくみを教えろ』という質問を鏡に行うことで、襟音ママエ暗殺計画にも気がついたはずなのです。また、鏡の回答を証拠にして、緋山燃暗殺未遂や襟音ママエ暗殺計画を立証したことでしょう。何しろ、あちらの世界では、鏡による犯罪看破が動かぬ証拠として使われるそうではありませんか。我々は一巻の終わりだったということです。

ですが、もはや、彼らに鏡はありません。あなたが無事に女王に即位されたあと、残る一つであるこの鏡をしっかり保管しておけばいいのですよ。そうすれば、真相は

闇の中に葬《ほうむ》られるでしょう。いっそ、鏡を壊してしまってもいいですね。鏡の破壊は、新女王の権限でできないのですか」

ダイナは徐々に湧いてきた元気をもってして、

「た、たぶんできるわ……！」

と答えた。三途川は鼻で笑ったあと、鏡に向かって、

「ドドソベリイドドソドベリイ！

できるか？」

と尋ねた。

「新女王の権限でできます。そもそも現時点において、この鏡はあなた――ダイナのものですから、いますぐ壊しても犯罪にはなりません。ただし、戴冠式の前に鏡を壊してしまうと、戴冠式の方法そのものが議会で再決定されることになりますから、あなたの目論見は外れるといえるでしょう。戴冠式後に壊すのであれば、その次の戴冠式に影響が出るだけですから、まったく問題ありません」

この回答を聞き、ダイナは元気を取り戻した。

「ま、壊すぐらいなら、欲しいですけどね。ちゃんと管理しますよ」

という三途川の提案に対し、

「うん、話がうまくいったらそれでもいいわ」

と答えるだけの復活である。

「おっ、本当に？」

「本当よ」

「本当に？」

「はいはい、私がちゃんと王座に就けたらね！」

探偵は軽く頭を下げた。

「ありがとうございます」

探偵は続けて、重要なことを説明した。

「ちなみに、いまこうして計画をべらべらしゃべっているのは、ついさっき、小人たちが七人とも全員、襟音探偵事務所に揃っているという情報を鏡で得たからです。今後は、めったに計画を口にしないことにしましょう。これはとっても大切なことですよ。探偵事務所とこのホテルは近いのですし、ホテルの部屋までばれてしまったのです。どこで偵察されているか、知れたものではありません。

小人は全部で七人。七人みながここにいないとはっきりわかったときだけ、自由にしゃべるように。約束です。いいですね？」

「これを破ると、さすがの名探偵にも、どうにもできなくなるかもしれませんよ。ちゃんと守って下さいね」

ダイナは間を置き、答えた。

「心得たわ」

「ええ」

だが、そう答えたものの、ダイナには迷いがないわけではなかった。——結局、この子はどんな犯罪をしかけたのだろう？　黙れといわれた手前、その問いさえ口にすることができなくなってしまったのだが……。

また、彼女はやはり保険を欲していた。さまざまなボロを出してしまったのは、たしかに彼女自身の不手際であり、彼女自身もまた、それを痛いほど自覚せざるをえなかった。ただ、ボロに対する三途川理の態度があまりにも冷淡であることも無視できない。どうやら彼は、そういった依頼人の不手際までひっくるめて面倒を見てくれるというわけではなさそうだ。親身になってという表現からは程遠い姿勢が、はっきりした瞬間であった。それは、暴走気味の姿勢と相乗効果でダイナを不安にさせた。

けれども、昨夜のことがあるため、ダイナは再度保険探しを行うだけの行動力を得られずにいた。それだけに、いっそう、先行きに対する不安がいたずらに膨張《ぼうちょう》するのであった……。

――大体、完全犯罪ってなんのことよ？

不安を膨張させるダイナの隣では、三途川が目をきらきらさせていた。彼は小声で呟く。

「鏡で探偵できたら、最強なんてもんじゃねえ。武者震いがするぜ……」

彼の瞳の奥では、めらめらと、何かが燃えているらしかった。


午前八時半。

自分の持ち場についたぼくは、息を潜めて、辺りの様子に注意を払った。殺人が計画されていることはわかったが、具体的な内容は未知である。ドーピー兄さんの尾行ではそこまで明らかにならなかったのだ。ドーピー兄さんは、

「もしかしたら、途中で三途川のやつに気づかれたかもしれん。ダイナと違って、彼は手ごわそうだ」

ともいっていた。

おまけに、ドーピー兄さんがホテルの部屋で鏡ごしに見たのは、集中治療室前の廊下にすぎない。廊下に並んだ集中治療室のどれに緋山がいるかもわかっていないのである。

だから、犯行を防ぐと一言でいうが、容易ではない。相手は、二手も三手もこちらの先を読む三途川理であるから、下手な手出しはかえって逆効果かもしれない。仮にも彼が「完全犯罪」と称しているだけの計画であるから、相手する我々も慎重になってしかるべきだろう。

襟音探偵事務所における作戦会議では、この点に、ドーピー兄さんも同意してくれた。さらに彼は、

「こっちの鏡が壊されたんなら駄目だ。現時点では証拠はない。警察としては動けないから、あくまで個人として動く」

とコメントした。それで、ぼくは、

「そんなら、ぼくたちで、集中治療室の前を警備しよう。それで何か異変が起こったら、三途川の足にかじりついてでも犯行を阻止するんだ。こっちは七人いるんだから、ばらばらにわかれて一部屋につき一人の監視ができるんじゃない？」

と提案した。作戦を練ってあいつをぎゃふんといわせられるなら、そうしたいところだが、そんな自信はない。だったら、身体を張るしかなかろう。この小さい身体

を。――小さい身体は、普段なら不便なのだが、今回は逆にありがたかった。隠れて監視するのにうってつけだからだ。

日頃と違い、兄さんたちの力も借りることができる。普通の人たちにはばれることのない監視者が七人もいるのである。監視という作戦は、消極的とも取れる受け身の姿勢だが、ぼくたちのアドバンテージをフルにいかした作戦ともいえよう。

それぞれの集中治療室に侵入することはほぼ不可能。ただただ、集中治療室のドアを見張るしかあるまい。けれども、我々の頭数は足りている。信頼の置ける心強い兄さんたちに、ぼくは感謝した。

結局、監視以上にいい案は挙がらなかった。ドーピー兄さんも、この案に賛成した。いま、ぼくが持ち場についていて、息を殺しているのはそのためである――。


警備を始めて十分程度。

いまのところ、異常なし――。

いうまでもなく、ぼくにはついつい考えごとをしてしまう癖があるのだが、息を殺し、黙ったままでいると、いつもより考えに没頭してしまう。ぼくが考えごとの対象に選んだのは、ママエであった……。

ぼくは基本的に、私立探偵襟音ママエを賛美してやまない人間だが、今度ばかりは腹を立てないでもない。彼女といったら、まるで駄目になっているのである！　というのも、ドーピー兄さんから、三途川探偵による緋山探偵暗殺計画を聞いたぼくが、寝室のママエを叩き起こしたときのことだ。

「緋山の命が危ない。助けに行くぞ」

「…………」

「ほら！」

「どうやって？」

「まずは、下の部屋にいって兄さんたちと話しあおう」

「たとえば、どんな案が出てるの？」

「まだ何も出てないけど……」

「…………」

「ひとまずベッドから出て、下に来いよ！　さ、早く」

「鏡がないから、探偵ごっこはおしまいなの。もうなんにもできないでしょ！」

彼女はふて寝してしまった。つまり、まるで駄目になってしまったというわけ。きっといまも、ふて寝していることだろう。

大切な鏡を失った気持ちを考えれば、しょうがない気もするが……いやあ、やっぱりしょうがなくないぞ……あれほど気骨のないやつだとは思わなかった。

まあ、探偵に気骨がないってんなら、助手のぼくが精を出せばいいだけの話か。兄さんたちのお蔭で、助手が一人から七人に増えたようなものだし。やるぞ。

……とはいえ……。

ぼくは辺りの様子に再び神経を研ぎ澄ました。

まったく異常が感じられない。

三途川は昼二時には事を片づけるつもりらしいが、どこをどうするつもりでいるのか、さっぱりわからない。

ここで見張っているだけで、なんとかなるものなのか？

九時半になった。

異常なし。

十時になった。
異常なし。

十時半になった。
異常なし。

十一時になろうとしている。
緋山殺しという恐るべき犯行の始まる気配はない。
このままで本当に大丈夫なのか？

緋山のやつ、まだちゃんと生きてんだろうな？


午前九時。

いまや、作戦会議室として定着したホテルの一室。

ダイナはそわそわしていた。――この子、特に何もしてないように見えるけど……。余計なことしゃべるなっていわれてるから、尋ねられないじゃない。けど、ちゃんと策があるっていうんだから、行動に移してくれるのをただ待ってればいいのよね。それでいいのよね……？

いま、探偵はダイナの目の前で、るんるんと口ずさみながら、パズル雑誌の迷路で遊んでいる（彼は、暇つぶしのための道具を自宅からわんさと持ってきていた）。このあと、恐るべき犯罪が遂行されるというのだろうか。とてもそうは見えないが、そうでなければならない……。でも、やはり、とてもそうは見えない……。

不安！　――ダイナは心の中で叫んだ。しかし、それだけだ。仕方がないので、時間つぶしのために、ダイナは迷路を一問もらった。が、もちろん集中できるはずもなかった。

九時半になった。

ダイナはそわそわしていた。事態に動きはなかった。探偵は、はんはんと鼻歌を歌いながら、ジャグリングをして遊んでいる。

仕方がないので、ダイナはジャグリングを教えてもらって時間をつぶそうとしたが、もちろん集中できるはずもなかった。

不安！

十時になった。

ダイナはそわそわしていた。事態に動きはなかった。探偵は、とんとんとテーブルを指で叩きながら、塗り絵で遊んでいる。

仕方がないので、ダイナは塗り絵の本とクレヨンを貸してもらって時間を潰そうとしたが、もちろん集中できるはずもなかった。

底知れない不安！

十時半になった。

ダイナはそわそわしていた。事態に動きはなかった。探偵は、ふんふんと鼻息を荒くしながら、ダンベルで筋肉トレーニングをしている。

仕方がないので、ダイナはダンベルを一つ貸してもらって……

「ねえ！」

ダイナの限界はここまでだった。

「遊んでばかりみたいだけど、大丈夫？」

探偵は無言で睨みをきかせただけだった。

監視があるかもしれないのに、そんなこといって。黙って任せておきゃいいんだよ。これだから素人《しろうと》は——とでもいいたいのだろうか。もちろん、ダイナとしても、その点は考慮すべきだと認めていたから、「大丈夫？」という漠然たる質問に留めたのであるが。

——ただ、そうね。漠然とした表現に留めるなら、もっと踏みこんでもいいんじゃない？

ダイナはもう少し大胆にふるまうことを自分に許した。彼女は鏡に向かって尋ねた。

「ドドソベリイドソドベリイ！
いま、どうなってるの？」

うん。鏡は、質問者が頭で考えてることを補完するんだから、これでいいじゃない。——ダイナはそう考えたのであるが、どうやら甘かったらしい。探偵は、

「あっ」

と声をあげた。ダンベルを操る手が止まった。

「小人たちは監視を行っています。病院の地下では、集中治療室一つごとに、一人の小人が監視を行っています。また——」

「ドドソベリイドソドベリイ！」

鏡の回答を探偵が遮ったのである。この呪文で回答が中断されることを、彼はしっかり覚えていたようだ。

ダイナは不満をぶつけた。

「なんでよ！」

探偵はやはり睨むだけだった。再び、ダンベルを動かし始めた。一、二、一、二、という カウントが部屋に響いた。

不安！　とめどない不安！

そして、十一時になろうとしている！

依然、事態に動きは——皆無！

先ほどダイナは不満を探偵にぶつけたが、あれはいうなれば、やかんを火にかけたとき、最初に蓋がことりと動いたようなものだ。それ以上ではなかった。続く三十分で、ダイナの心はことことと揺れ続けた。次は、中の湯がぶちまけられる段階だ。そのときがついに訪れようとしていた。

「午前が終わってしまうわ！　いつまで待たせるの！」

学校の宿題に取り組んでいた探偵は、顔をあげた。三十分前のような不機嫌な様子は見られなかった。彼は首をかしげて、まばたきをしながら、

「なんのことです？」

といった。ダイナは言葉に詰まった。探偵はさっさと顔を伏せ、動点からなる三角形の最大面積の計算に戻った。

心のやかんが盛大に音を立てた。心の中で、やかんから熱湯が撒き散らされた。

「とぼけないで！」

同様に、ダイナの口からも罵詈雑言《ばりぞうごん》が撒き散らされそうになった。が、すんでのところで、ダイナの頭を、

——監視に備えて、演技してるんじゃない？

という考えがよぎった。一方で、今朝の光景も頭をよぎった。探偵が、ダイナの失敗を他人事のように笑い飛ばした光景である。あのとき——いやそれ以前から——自分は保険が欲しいと思ったではないか。いまはまさに、保険がないことを悔いるべき事態ではないのか。

ダイナの肩が震えているのを見て、探偵は宿題のノートを広げたまま、トイレに立った。「八つ当たり」を食らいそうだから一時退散したのかもしれない。

ダイナは頭を抱えた。頭の中で、さまざまな考えがぐるぐると飛びかかった。

——ああもうっ、探偵なら探偵として、ちゃんと依頼人を安心させなさいよっ。控えめにいっても、この子、信用できないわ。やっぱり、外れクジをひいちゃったのか

しら。いまさらそんなこといってられないけど……！　でも、この子のいう通り、たしかに小人のやつがどっかその辺に隠れてるかもしれないし。……けど、私だって、さっき鏡に尋ねたとき、盗み聞きされて困ることを鏡がいいそうになったら、回答を中断させる気でいたのよ？　そういう注意さえ忘れなきゃ、尋ねたっていいじゃない？　そりゃあ、鏡の回答にまずい情報が含まれているのを、私が気づかなかったら致命的だけどさあ……。たとえば……たとえば…………あら？　……あら？

このとき、ダイナは一つの発見をした。

輝かしい新発見といえよう。

いままでに鏡から得た情報を整理することで、大変に喜ばしいことを一つ導いたのである。

——もう一度、よく考えてみましょう！

彼女は、鏡を視界の隅に入れつつ、頭を働かせた。

——さっき鏡は、「集中治療室一つごとに、一人の小人が監視を行っています」といったわ。一方、昨日、私は「B7」というプレートを見た。つまり、集中治療室は少なくとも七つってこと。そして、小人は七人しかいない。ということは、だから、だから、

「この部屋を監視している小人はいない！」

ダイナは歓喜の声をあげた。そして、念には念を入れ、もう一度だけ自分の推理の筋を振り返った。そして、頷いた。

ダイナは鏡に向かって、勢いよく尋ねた。

その勢いたるや、爆発といったさま。

不安の爆発であった。


「ドドソベリイドソドベリイ！

三途川理の完全犯罪って何？

いま、どうなってるかしら！

このままでいいの？　私、どうすべき？」


鏡はいつものように、淡々と「回答」を述べた。

長いモノローグだったが、ダイナは集中した精神を保つことができた。迷路、ジャグリング、塗り絵、ダンベルなどとは全然違って。

ただし、ややこしい話だったので、頭の中はこんがらがった。大いにこんがらがった。

「三途川理の犯罪計画はやや複雑です。彼の主な目的は『偶然の事故によって緋山燃が死んだことにする』ことにあります。同時に、『〈なんでも知ることのできる鏡〉がなければできない方法を取る』ことも主眼に置かれています。後者の方法は、〈なんでも知ることのできる鏡〉の存在を知らないものたちの捜査を一蹴する効果を持っています。この効果により、こちらの世界の警察を煙に巻けるでしょう。

事前準備は昨夜にすべて行われました。

三途川はまず、緋山燃を担当している医師に連絡を取ったのです。連絡に必要な電話番号を鏡で調べ、ホテル一階の電話でかけました。三途川は院長の声で担当医師に指示を出しました。翌日、つまり今日、田舎の患者を診てほしいという指示です。院長の声を使うために彼は、『もしこれこれの内容を院長がしゃべったらどういう声になるか』という質問を鏡に投げました。この質問により、鏡が極めて優秀な変声器として機能することを彼は看破していたのです。担当医師はニセ院長の指示を真に受け、現在、遠隔地に出向いています。

次に三途川は、緋山に本日関わる予定だった看護師たち全員に、担当医師の声で投与する薬品を指定しました。このとき、医学を学んだものの目にも、常識的な判断であるとみなされる範囲での指定に留めましたが、その判断は鏡に委ねられました。同じ電話で、彼は急患による担当医師の不在も伝えておきました。

それだけではありません。最後に三途川は、今日薬品倉庫に入る予定になっており、かつ、緋山の治療とは無関係であり、かつ、もっとも経験の浅い看護師に、担当医師の声で薬物のラベル貼り替えを指示したのです。『薬品倉庫にある薬品のうち、どの薬品と入れ替えたら、気づかれにくいか』、『緋山の生命活動停止に効果的か』、これらも鏡を通して知りました。

以上が犯罪計画とその準備です。

いまは、薬が点滴用のパックに移されたところです。十二時ちょうど、つまりあと六十二分で、点滴を交換する時間となります。このまま放っておいても——」

「ドドソベリイドソドベリイ！」

三途川探偵の登場だ。鏡は沈黙した。トイレから出た探偵は手から水をしたたらせ、慌てている様子を隠そうともしなかった。

「正気ですか！」

「あら、大丈夫よ。ここに監視の小人はいないの。だって、『B7』があったんだから——」

「それはあとで！」

「ええっ？　どうしてよ。でもいいわ、私、安心した。大体わかっちゃったんだから。ややこしいから詳しくはよくわかんないけど。

でも要するにそうかぁ、病院の人たちをまるでチェスの駒《こま》みたいに使うわけね。ふふ、すっごいじゃない。そりゃ、お部屋でのんびりしててもいいわけよ。小人さんたちにはどうしようもないしねえ……うん？　あなた、何をしてるの？　小銭でも落としたの？」

探偵はダイナの言葉を無視し、床に這いつくばっていた。目が血走っている。

「私も一緒に探そうかしら？」

探偵は右手にダンベルを持っていた。

「ダンベルは置いておいた方がいいわ、危ないから」

左手には殺虫剤のスプレーだ。

「もしかしてゴキブリ？　いやあねえ！　ボーイを呼ばない？」

ベッドの下から飛びだしたのはゴキブリではなかった。

小人だった。ダイナは悲鳴をあげた。

いい、

どうしてここに小人が？

考えられる可能性としては――

「――そんな。八人目の小人がいたなんて！」

ダイナがきゃあきゃあと騒ぐ間、探偵と小人は部屋の中で寸劇を演じた。小人を捕まえようとする探偵。あちこちに隠れつつ、逃げ惑う小人。

ひっくり返る椅子。散布される殺虫剤。ねずみのように走る小人。ベッドに叩きつけられるダンベル。小人に向かって投げ放たれるジャグリングとパズル雑誌。ミサイルのように飛ばされるクレヨン。青いクレヨンが窓に青い線をつけた。赤いクレヨンがテーブルに赤い線をつけた。黄色いクレヨンが、〈なんでも知ることのできる鏡〉の隅に黄色い線をつけた。

小人が換気口から退場し、寸劇は閉幕した。

「逃がすか！」

探偵はアンコールを求めて吠えた。

「ドドソベリイドソドベリイ！

あの野郎、どこいった！」

「ロビーです。襟音探偵事務所に電話をかけるつもりです」

探偵は廊下に。ダイナも続いた。

「もう！　せっかく、いい感じだったのにィ！」

探偵の悲痛な叫びが廊下に響き渡った。


幸いにも、ロビーのカウンターには誰もいなかった。

ぼくは電話の受話器をひっくり返した。前にゲームセンターでママエが遊んだことのあるダンスゲームのような動きをし、次々にボタンをプッシュ。かけた先は、襟音探偵事務所である。

TRRRR
TRRRRRRRR
ママエのやつ、ちゃんと電話に出るだろうか。寝てたら最悪だ。
TRRRRR
TRRRRRRRRRRR

ぼくは地団太《じだんだ》を踏んだ（ボタンはプッシュしないように）。ええい、出ないのか！兄さんたちに直接連絡を取ることはできない。ママエにタクシーで病院にいってもらうのがもっとも手っ取り早い方法なんだが、駄目なら、自分で病院まで足を運ばなきゃ。でも間にあうのか？

TRRRRR

TRRRRRRRRRRR

病院に電話かけても相手にしてくれないだろうし……。

TRRRRR

TRRRRRRRRRRR

ママエの役立たず！

TRRRRR

TRRRRRRRRRRR

三途川のやつ、すぐにここに来るに決まってる。時間はない。捕まったら命はないぞ。

TRRRR
TRRRRRRRRRR――ガチャ。

つながった！

「もしもし襟音です」

眠そうな声だ。

「ぼくだよ！」

「誰？」

「イングラムだよ！　お前の優秀な助手の！」

「ああ、あんたね。何？」

眠そうで、その上、暗い声である。だが、眠かろうと暗かろうと、問題にしてられない。

「いますぐ緋山の病院にいって。点滴が毒にすり替えられてる！　早く！　いますぐ！」

「無理だよ」

「なんで！」

「鏡がないもん！」

「落ち着け！　もう鏡、関係ないだろ！　鏡の代わりに、ぼくが調べたんじゃないか！　命がけでな！　早くしろ！　時間が」

プチッ。ツー、ツー。

ママエが電話を切ったかと思った。違った。見あげたところに三途川の顔があった。彼は引き抜いた電話線のコードを手にしていた。

「この、虫ケラめが」

という失礼極まりない言葉が放たれた。ぼくは逃げだした。

続く数十分がまたもや、命がけのどたばたに費やされた。

けれども、ぼくは三途川から逃れつつ、なんとか病院に到着することができた。

人目を逃れながら病院に入る。

お見舞いの客。患者。看護師。医師。ロビーには、そんな人たちがうろうろしていた。ぼくはソファの下に隠れて、さあどうしようかと思案した。緋山はどうなったんだ。もう手遅れか？

いや、待て。

たしか、鏡によると、十二時が点滴の時間だったはず。

ぼくはソファの下から、受付の台に置かれたデジタル時計を見た。

十一時四十五分。セーフだ。——いまのところは。

「一刻を争うぞ。早く、なんとかしなきゃ」

ぼくは自分にいい聞かせた。

えっと、まずは……兄さんたちが監視している地下の廊下までいくこと……？　うん、それより先に、その廊下の場所を知らなくちゃ。……ええっ、そんなところから始めなくちゃいけないの？

でも実際、いま集中治療室を監視している兄さんたちも、はじめはその作業から始めたはずだ。六人がかりであちこちを探したのかもしれないし、当たりをつけた人を尾行して知ったのかもしれない。

避けては通れない過程だ。ただし、ぼくは一、二分で済ませなくちゃいけない。

尾行や監視に有利だと自負していたこの小さな身体だが、こうなると、いつも通り、デメリットが前面に出てしまう。ママエみたいな身体だったら、受付にいって質問するだけでいいのに。たとえ受付の人が何も教えてくれなくても、さまざまな角度から質問をぶつけることで、進展を得るきっかけにできる。

しかし、ぼくの場合、まずは、

「こんにちは。こう見えてもぼくは人間なんです。どうも」

という挨拶から始めなくちゃならない。いきなり解剖室やレントゲン室に放りこまれないように注意しなくちゃいけないし。

だから、強行突破しかない。当たって砕けろだ。

……でも、どこに向かって当たって砕けたらいいのか。まず、それを知りたいんじゃないか……。ぼくの思考は、同じところをぐるぐるとしてしまった。頭の中だけで空回りするというのがいつもの悪癖で、自滅しようとしていた。

と、ソファの下で、じたばたしていたぼくだが、

「あれー?」

という声に、驚き、飛びあがった。

五歳くらいの少年である。いつのまにか、彼にソファの下を覗かれていたのだ。ばっちり、目があってしまった。

これは、まずい……。

「想像もしていないから気づかない」、「虫がいたと思う」、「小人のオモチャが飾ってあったと思う」。ぼくの姿をちらっと見た人は、この三パターンのどれかで済ませてくれるものだ。病院のここまで走ってこられたのもそのお蔭である。

が、子供相手だと例外になるかもしれない。子供は大人に比べて先入観が弱い。ぼくたちは見つめあった。ぼくは動けずにいた。動くことで、かえって面倒な事態を招くような気がしたのである。

無言の硬直。

どれだけの時間が経ったあとだろうか。

「ママあ！」

彼はついに、声をはりあげた。

「へんなのいるよ！」

子供は大声で母親に報告するだけで満足せず、採取のため、ぼくに向かって手をぐっと伸ばした。ああっ、やっぱり。これはいけない。

ぼくは走って逃げた。

ソファの下を移動して、別のソファの下に。

子供はソファの下に手を入れるとき、視界からぼくを外していた。そのため、再びソファの下を覗きこんだとき、ぼくがどこに行ったか、把握できずにいた。同じ場所で床に座りこみ、ぽかんとしている。ソファに座っている母親が、

「ほら、汚いでしょ。ちゃんと座りなさい」

といったが、子供は床に座ったまま。彼は床に視線を這わせ、ぼくの姿を探し始めた。

ぼくはソファの脚に身を隠す。顔だけ出し、彼の様子を窺った。場所が離れているし、彼は注意力散漫のようであるから、見つかることはあるまい。でも、容易にここから出るわけにはいかなくなったな……。

ぼくはやきもきした。こうしている間にも、緋山を魔の手が襲おうとしている。そういえば、いまの時間は——ぼくは、受付のデジタル時計を凝視した。

十二時二分。

アウト。

ぼくは床に手をつき、涙した。

いま振り返ると、子供と無言で見つめあう時間はあまりにも無駄だった。さっさと逃げるべきだったんだ。

鏡を失っても探偵事務所は続けるべきだとママエにいっていたぼくだったが、たったいま、その気が失せた。ぼくには、探偵事務所を続ける資格なんてない。

ぼくは、真に優秀な探偵の命を一つ消してしまった。どの面下げて探偵事務所を続けるつもりなんだ。故郷に戻る支度を今日から始めよう。

ぼくは床に手をついたまま、動けずにいた。背負う責任の重さに、手足が痺れてしまった。

が、じきに、とある会話が耳に飛びこんできた。その二人の会話は際立って、ロビーに響いた。一人がもう一人に向かって怒っていたからだ。

「信じられません！　あなた、何歳ですか！」

かんかんである。

「幼稚園の子供でもこんなことしませんよ！　大変なことになっていたかもしれないんですよ！」

何事かと気になったぼくは、ソファの下から少しだけ身を出し、声のする方に顔を向けた。

かんかんになっているのは、看護師のようだ。そして、もう一人は——

「ごめんなさいっ、ごめんなさいっ」

——愛すべき、襟音ママエであった。

彼女は看護師に平謝りしていた。

結論からいうと、緋山は助かった。

タクシーでかけつけたママエが、集中治療室まで強行突破しようとしたからだ。受付の地図をひったくり、強引に場所を知った彼女は、弾丸のごとく一目散に緋山のもとに向かった。つまり、ママエのような大きな身体を持っていればぼくがやりたかったことを、代わりに、彼女はやってくれたのである。

行く手をはばまれた彼女は集中治療室に辿りつけなかったが、病院は大騒ぎになった。これが功を奏した。

騒ぎは地下まで届いた。不審に思ったドーピー兄さんは、闖入《ちんにゅう》未遂者の正体を確認しにいったのである。彼は闖入未遂者ママエが叫んでいるのを耳にし、点滴が鍵となっていることを知った。すぐに点滴パックを破壊した（うまくやったので、看護師は自分のうっかりミスだと思いこんでいる）。

ママエは看護師に、

「とにかく緋山さんに一目会いたくてやったことです。すみませんでした」

といい訳をした。病院から学校に連絡がいった（ママエには後日、教師から雷が落ちるだろう）。看護師に廊下でがみがみと叱られながら、個室に連れていかれ、そこでもがみがみと叱られた。

がみがみと叱られたが、警察沙汰にはならなかった。病院から追いだされたわけでもない。ぼくはママエのポーチにとびこみ、二人で緋山の面会が許される時間帯を待った。このときにはすでに、兄さんたちもぼくたちと合流していた。

新しいパックから点滴を受けた緋山は、体力を順調に回復させたそうだ。集中治療室から普通の入院棟に移された。

入院棟では、面会が許可された。

彼の部屋は個室だった。棟の端っこなので、定期的に訪れる看護師以外には誰もこない。ぼくたち小人は人目にびくびくすることなく、部屋にいることができた。

こうして小人七人とママエは、すやすやと眠っている緋山のベッドを囲み、今日半日の経緯を互いに報告したのであった。

——報告の間、ぼくたち小人は緋山の枕のまわりに腰かけていた。ママエの報告が終わるやいなや、ぼくはたまらず、口を開いた。

「しかし、お前が来るとは思わなかったよ。もう駄目だと思っていたんだ。本当、助かった」

本心からの感謝である。

椅子に座ったママエは、恥ずかしそうに、

「今回は事件が事件だったからね。めちゃくちゃ危なかったじゃない。私もね、こう見えても探偵だからね。やるときゃやるのよ。えらいでしょ？」

といった。

褒めるべき、なのか？

　ぼくが迷っている間に、ドーピー兄さんが明るい声をあげた。

「うん。えらい。よくやってくれたよ、ママエちゃん。病院という厳粛なところで大人たちに囲まれる中、大騒ぎを起こすなんて、並みの神経じゃできないからね。いや、よくやってくれた。

　君がいなきゃお手上げだった。警察の一人としても礼をいいたい。ありがとう」

　ほか五人もドーピー兄さんに続き、五回繰り返して礼を述べた。続けて、ドーピー兄さんは、

「ママエちゃんの下で働けて、グランピーのやつも幸せものだよ」

といった。兄さんたちにより、同じ言葉が五回繰り返された。——なんか、ママエの下っていう構図が繰り返し強調されたみたいで、むっとしちゃうな。

　ママエはでれでれとした。

「いやいや、えへへえへ」

　仮にも自分の力で事件を阻止できたことに、彼女は自信を持ったらしい。今朝のしおれたママエとはまるで別人であった。

「でもね、私ががんばれたのは——大変なことになりそうだったから、っていうだけじゃないんだよ」

　ママエははにかみながら、

「私ががんばれたのはね——」

ママエとぼくの目があった。

「——信じてたから、だよ？」

ママエは天使のような笑顔を見せた。

思わず、ぼくは顔を伏せた。

胸のうちに、温かい何かがじわりと染みる。

たしかに兄さんたちのいう通り、こういう探偵の下で助手をできるってのは、幸せなことかも……。探偵事務所を支えてきて随分になるけど、まあ、今日までやってきた甲斐はあったかな……。

「——おみくじを！」

「えっ」

「ほら、この前、おみくじ引いたでしょ。そしたら、大吉だったじゃん。新しいことに挑戦しましょう、って書いてあったの覚えてたから、よーしって思ったの！　おみくじ、信じてよかったあ！」

胸の温かみは引いた。

自分の顔が赤くなるのを感じた。

ママエは、あのおみくじをそんなに重要なものとして捉えていたのか！　つうか、あれ、鏡でインチキしてひいたやつじゃん！　信じるもへったくれもねえだろ！　鏡の導きで探偵するのをやめたあとは、鏡でインチキしてひいたおみくじの導きにすがるとは！

心の中で叫び散らすぼくの頭を、ママエは人差し指の腹で撫でた。そして何気ない調子で、

「あとね、助手ががんばってんだから、探偵もがんばんなきゃって思ったのもあるんだよ」

と、ぼくの期待に添ったことをいってくれた。今度は、さっきとは違う意味で、顔が赤くなった。

「ありがと、イングラム」

ママエ、満面の笑み。ドーピー兄さんが、

「おっ、ママエちゃん。さすが名探偵だね。助手のあしらいを心得ている！」

といった。みながどっと笑った。ぼくも笑った。

一件落着、か。

場の緊張が和らぎ、完全にお見舞いの雰囲気となった。緋山本人はまだ夢の中だが。

ママエの元気もすっかり本調子。彼女は、一階の売店でお見舞いの品を物色することを提案し、腰をあげた。ぼくはポーチに入れてもらい、彼女についていった（もはやポーチの中に例の鏡がないのを見て、少し悲しくなったが、それはそれ、これはこれ）。

ママエは、

「緋山さん、何喜ぶかなあ」

と弾んだ声を出しながら、売店の中をうろうろした。ぼくはポーチから顔を出し、

「やっぱさ、お見舞いといったらリンゴだよ」

といった。口にしたあと、ジョークにしてはブラックすぎたかな、と反省した。ママエが弾んだ声を出すから、ぼくまで調子に乗ってしまったのである。

だが、ママエがくすりと笑ったので、安心した。

「緋山さん、それはびっくりするでしょ！」

「びっくりするだろうね」

「じゃ、それにしましょ」

「ええっ！　本当に？」

「たぶん緋山さん、そういうの笑える人よ」

うーん、こいつ、本当に元気になったな。

よかった。

● ● ●

午後三時。

殺虫剤の臭い漂う作戦会議室――。

ダイナはしゅんとしていた。探偵は真っ赤な目で窓の外を見ていた。部屋には沈黙が根をはっていた。

沈黙の時間は十五分続いていた。十五分かけて、ダイナは気力を溜めた。探偵に話しかけるだけの気力がかろうじて溜まった。

「あのう……あのね……」

無視された。

「だって、小人が八人いるなんて思わなかったのよ。だってそうじゃない？　無理ないわ」

探偵はダイナに見向きもせず、

「ドドソベリイドソドベリイ！

説明してやれ」

といった。

「説明？　説明って何を？」

話についていけないダイナであったが、

「小人は八人もいません。あくまで七人です」

鏡がそう切りだしたので、鏡に目を向けた。

「どういうこと！」

鏡は説明を続けた。

「まず、あなた――ダイナ・ジャバーウォック・ヴィルドゥンゲンが『小人は八人だ』という結論に達した推理を整理しましょう。あなたは、次の四つの情報を持っていました。

1）部屋は八つある。

2）部屋は集中治療室と薬品倉庫である。

3) B7というプレートがかかった集中治療室が存在する。
4) 一つの集中治療室につき、一人の小人がいる。

このうち3と4から、あなたは『集中治療室は七つだ』と判断しました。なぜなら、もし集中治療室が六つ以下であれば、B7というプレートが存在しないからです。また、もし部屋が八つ以上あれば、七人の小人では、4の条件を満たすことができなくなります。

ところが先ほど、小人の一人がこのホテルの部屋にいたことが判明しました。あなたの結論に矛盾します。どこかに誤った前提があるとしか考えられません。

ここで、あなたは『小人は七人だ』という前提が偽《ぎ》であるとみなしました。こうして『小人は八人だ』という結論が導かれました。実際には、ここまで順序立てて考えたわけではありませんが、感覚的にこれと同じ作業を頭の中で行ったのです。

ところが実は、間違いであったのは『集中治療室は七つだ』という前提の方でした。この点を、三途川探偵の推理と比較して、明らかにしましょう。

三途川探偵は別の推理を組み立てました。彼は昨夜、あなた以上に病院について情報を得ていましたが、あなた同様、集中治療室の数を直接には知っていませんでした。この点に限り、持っている情報の量はあなたと同じでした。

しかし、あなたがほとんど意識しなかった情報を、彼は積極的に推理に組みこみました。

5）薬品倉庫には少なくとも、AとBがある。

この情報は、鏡に映しだされた集中治療室前の看護師たちの会話から得られました。

――「薬品倉庫Aで薬を用意しておくのは私がやるわ。あなたは倉庫Bの方の仕事をお願い」

――「わかりました」

この会話が、5を導きます。日本語だったので、あなたにはわかりませんでしたが。

この5を、1と2にあわせることで推理はどうなるでしょう。『薬品倉庫は少なくとも二つ。なので、集中治療室は多くとも六つ』という結論が引きだせるのです。しかるに、3が宙ぶらりんになります。もちろん、『集中治療室は六つしかないのに、なぜかB7というプレートがかかっている』というだけでも一応は満足できます。たとえば、六つの部屋にB1、B5、B7、B9、B10、B20などというでたらめなプレートがかかっていることもありえなくはないからです。とても不自然ですが。

宙ぶらりんになった3をうまく解釈できないでしょうか。三途川はその点を考えました。彼がすぐ思いついたのは、『縁起《えんぎ》悪いからB4がない』という仮説でした。そして、彼は確認しませんでしたが、それは正解でした。――といっても、あなたはこの回答に満足できないでしょう。けれどもそれは、あなたが日本語を不自由とするからで、仕方のないことなのでもあります。日本語で『4』という数字は『シ』と発音するので、同じ発音の『死』を連想させるとされ、日本では避けられがちです。

いずれにせよ、3の解釈はともかくとして、『薬品倉庫は少なくとも二つ。なので、集中治療室は多くとも六つ』までは、ごく自然に導かれます。

ここで注意したいのは、三途川はこういう作業に慣れてしまっているということです。あなたが感覚的にさっさと『小人は八人だ』という結論に至ったのと同様です。あなたが変な勘違いをしていると思い至らなかったのはこのためでした。

なお、『薬品倉庫は少なくとも二つ。なので、集中治療室は多くとも六つ』が、『残る一人の小人の行動が不明。もしかしたらホテルのこの部屋を監視しているかもしれない』を導くのはいうまでもありません。

――というのが、三途川理があなたに説明したいと思っている論理です」

鏡は説明を終えた。脱力感がダイナを襲った。

「作戦を、ちゃんと説明してくれてたら、よかったのに……」

「はあ？」

探偵はダイナに目を向けることなく、冷ややかな声を容赦なく浴びせた。

「たかだか依頼人の分際で、探偵のやることなすことにケチをつけるもんじゃありませんよ。

今回、作戦は完璧でした。〈なんでも知ることができる〉という鏡を変声器として使用することで、インプットからアウトプットに転じるという構図の逆転があったことに注意してもらいたいです。鏡のことを知らないこちらの世界のものどもはもちろん、あちらの世界のものども——小人たちと小娘——にも、なかなか予想できたものではありません」

窓に反射した自分の顔を見ながらしゃべる探偵。彼はまさしく、自分で自分を褒めていた。

「その完璧な作戦が、あなたのしくじりによって、壊されました。あなたのしくじりですよ、あなたのね。まったく。

いいですか。あなたは探偵をブラックボックスだと思えばよろしいのです。あなたは、鏡の回答が本当に正しいかどうか、いつも気にしないではありませんか。同じだけの信頼を探偵に向けるべきだとは思いませんか。

小人たちの監視下にあるかもしれない状況では尚更です。第一、他人に事前に作戦を伝えたら、作戦を調整したり中止したりするとき、手間がかかってしまうでしょう。何一ついいことがありません」

ダイナは顔を伏せた。

「ごめんなさい……でも……とにかく……」

顔を伏せたまま、気力を奮い起こし、探偵に頼みこむ。

「マルガレーテを……あの小娘をなんとか……」

「それはもちろん」

ダイナははっと顔をあげた。希望の光を感じた。探偵は、怒りと笑みに満ちたすさまじい表情をしていた。

「直接の失敗要因はあなたですけど、たしかに自分としても、ちょっと襟音君のことをなめすぎていました。あの小娘が腐っても探偵だとわかりました。

慎重になるのはこれまでにしましょう。

次は、あっさりと片づけちゃいます。今回と同じ方法を使うのは時間がかかるので、別の方法——完全犯罪第二号を使います。手荒な方法ですが、許していただけるでしょうか」

ダイナは首を激しく縦に振った。

探偵は、彼女の様子に目も向けず、

「たとえ駄目っていわれてもやりますがね」

とつけたした。

「あなたの目の前の探偵は、あなたの依頼を必ず遂行します。誰にも止められません。ご安心下さい。いまから数時間以内に、確実に、襟音君をノックアウトします――事を終えて、足手まといのあなたにゃ、とっとと帰ってもらいたいですしね！」


緋山は順調に回復に向かっていた。定時回診にきた看護師によると、いつ目を覚ましてもおかしくないそうだ。

「だったら待たない手はないね」

とママエが張りきったので、ぼくたちは待機した。勝手にテレビをつけて芸能界のなりゆきに関心を寄せつつも、緋山のお目覚めにまだかまだかと期待を寄せた。

そうこうしているうち、時刻は午後四時となった。あと三十分で面会の時間は終わりだ。緋山はまだ起きない。

「今日は無理そうだね」

ぼくがそういうと、ママエは寂しそうに頷いた。――と、このとき、ぼくの脇を、ドーピー兄さんがちょんちょんとつついた。

「何？」

「ちょっといいか？」

兄さんは、ぼくを病室の外に連れだした。ぼくは余計な騒ぎを起こさないよう、念のため、辺りを確認した。病室は、廊下の端に位置する。廊下には窓があり、カーテンがあり、壁にかけられた絵や鏡があり、おしゃれなテーブルがあり、その上に置かれた花瓶があり……。うん、辺りに人はいない。人の少ない場所なので助かる。

ぼくはこの数時間、ドーピー兄さんの顔つきに気がついていないではなかった。口にする内容こそ明るいものの、兄さんの表情には翳《かげ》りがあったのだ。はたせるかな、病室を出るなり、兄さんは、

「これで終わったと思うか？」

と尋ねてきた。ふーむ、やはりそうか。

「もちろん、毒リンゴを送ってきたやつの正体がまだ不明だ」

ぼくは声を落とし、そう答えた。せっかく元気になったママエに、変な不安を持たせたくない。

兄さんは頷いた。しかし続けて、首を横に振った。

「それだけじゃない」

「というと？」

兄さんも、声を潜めた。

「三途川理と緋山燃の二人の関係については、お前の話から大体知ることができたように思う。三途川は同じ私立探偵として、緋山を目障りに思っていた。自分をさし置いて活躍する彼に嫉妬《しっと》していた。これはもう間違いない。

それで、毒リンゴの件に便乗して始末してしまおうとしたわけだ。毒リンゴが三途川の仕業かどうかを抜きにしても、動機は完結する。

今回の事件、あいつは犯人として関わっていた。ママエちゃんとあいつが共同捜査をした事件よりも、さらにはっきりとした意味で、犯人としてだ。探偵ではなくね。しかし犯行の動機が、同業者の妬《ねた》みであったと考えると、その意味ではやはり、これも探偵としての関わりだったというわけだな。

で、それはそれでいいんだが、気にかかる点が残る。ダイナの熱心さだ。お前の話だと、結局、ダイナが熱心なあまり、かえってボロを出したわけだろう？」

「そうだね」

「緋山の生死は、あの女にどんな意味がある？　ふしぎじゃないか？　刑事としての勘だが、ここには絶対、なんかあるぜ」

兄さんはこの点に焦点をあわせて考えていたらしい。結論は、

「ママエがいると、新女王戴冠式に支障が出るのでは？」

というものだった。

彼は、ダイナが興味を持ちそうなことを頭の中で箇条書きにし、それぞれと緋山との関係を考えた。直接緋山に結びついたものはない。だが、ママエの存在を介することで、王家という存在を気にせずにはいられなかった。この視点だと、毒リンゴの件も解釈しやすくなる。ママエ殺害の手立てであったのだ。

ぼくは尋ねた。

「支障って、たとえば？」

「――実は、新女王がママエだとか」

「まさか」

とはいったものの、よくよく考えてみると、そんな気もする。ママエには一応、王家の血が流れているのだから。……ぼくは覚えていないが、たしか、王座に就く人間を選ぶ基準は厳密に定められていたはずだ。鏡があったら、一発でわかったんだけどなあ。

兄さんはいっそう声を潜めて、

「あと、話は変わるが、今回の『完全犯罪』未遂は根本的には失敗していない。三途川はやろうと思えば、また明日にでも同じことができる。さすがになんの工夫もない同じ策は通じないかもしれないが、病院の連中をチェスの駒にできる能力は失われていないも同然だ。

それにまた、同じことがママエの周囲にも起こるかもしれない。——というより、先ほどの推理が正しければ、起こるに違いない。でも、どこから何がくるかわからない。ママエを元気づけるという目的以外では、気を抜くべきではないな」

実は、同じような不安がぼくの心にも、わだかまっていた。兄さんのお蔭で、不安の正体をはっきりさせることができた。ぼくは口に出し、確認した。

「つまり、魔の手はまた来る」

「そうだ」

次の一手に対し、ぼくたちはどうすべきだろう。

今回の「完全犯罪」を防いだ背景には、ママエの力があったし、兄さんたちの力があったし、ぼくの力があった。しかし、本質的には偶然である。偶然でなければ奇跡だ。三途川とダイナのぎくしゃくとした関係が引き起こしたエラーにすぎない。

二人の関係は引き続きぎくしゃくしているかもしれないが、同じようにもう一度エラーを引き起こすかどうかわからない。たとえそうなっても、ぼくたちがうまく拾えるかどうかわからない。そんな偶然を期待すべきではなかろう。

新たな手を講じねば。

ぼくと兄さんは目をあわせ、揃って頷いた。

——と、このように、兄さんから指摘を受けることで、ぼくは気を引き締めたわけなのだが、早速、背筋が凍った。警戒のために辺りを見渡したぼくの目に、とんでもない光景が飛びこんできたからだ。

「あ……あ……！」

ぼくは喘《あえ》いだ。

状況を整理することが追いつかなかった。


「どうしたんだ？」

と兄さん。ぼくは得体の知れない恐怖にとらわれ、後ずさりした。とんでもない光景は、ぼくの目から離れない。

「そんな……ぼく……もう、何がなんだか……！」

「どうしたんだ！」

ぼくの目から離れないのは、壁にかけられた鏡だ。

鏡には、黄色いクレヨンの跡がついている。

「クレヨンの跡……！」

兄さんはじれったそうに、

「それがどうした！」

といった。叫び声に近いが、声を潜めたままである。

一方、ぼくの場合、そのまま叫び声になってしまった。

「その鏡、三途川の使ってたやつだ！　クレヨンの跡がつくの、ぼくは見たんだ！」

黄色いクレヨンの跡は、ぼくがホテルの部屋から逃げるとき、三途川がうっかりつけてしまったものである。

一体、何がどうなっている！

ぼくは恐怖のあまり、泣きそうになった。

●　●　●

三途川理とダイナはホテルから外に出ていた。病院から少し離れたデパートに向かっているのである。

「シミュレーションによると、デパートの地下は安全です。計画を実行するのは、そこに入ってからです」

三途川が厳かに告げた。ダイナは静かに頷いた。鏡の回答により、いまは小人たちの監視がないことは明らかになっていた。

前回と違い、探偵は作戦を具体的に教えてくれた。

しかし、どんな手を使ってもいいからマルガレーテをやっつけろといったダイナであったが、まさかこんなことになるとは思ってもみなかった。いまでは、この若い探偵に鏡を貸したことに対し、罪の意識を感じるようになっていた。結果として、これ以上にない恐ろしい使用法を引き出してしまったのだから。

——でもいいの！

彼女は気を奮い立たせた。

——これで私が新女王よ。戴冠式が終わったら、残った方の鏡も壊してしまう！　それでおしまい！　この子は欲しいっていってたけど、駄目だわ、やっぱりあげられない！　いまは機嫌を損ねないよう、そんなことといい出せないけど……。

彼女は探偵の顔をあらためて観察した。彼はにやけながら、信号が青になるのを待っていた。わくわくといった感じだ。

ぼくが叫び声をあげてしまったので、ママエが病室のドアを開け放ち、勢いよく姿を現した。五人の兄さんたちもだ。

病室の外に三途川が使っていた〈なんでも知ることのできる鏡〉がかかっている――この奇怪な状況をぼくは説明した。ドーピー兄さんを含む六人の兄さんも、ママエも、みな唖然としていた。ぼくにとって、いまのふしぎは、恐怖を伴うふしぎであった。

ドーピー兄さんは、

「本当に同じ鏡か？　たまたま黄色い跡だけ同じではないのか？」

と指摘した。ぼくは試しに、

「ドドソベリイドソドベリイ！

鏡や鏡。壁にかけられた鏡よ。

お前は、三途川が使っていた鏡とは別の鏡かい？」

と尋ねてみた。鏡は光った。回答を聞かずとも、光った時点でもう判断がついたわけなのだが、

「同じ鏡です」

と鏡が答えたので、疑いの余地はなくなった。ぼくたちはみな、がやがやと騒いだ。

ただし、ママエは一人、別の感慨《かんがい》に浸っているようだ。

「鏡……！」

自分が使っていた鏡とは違うが、同等の力を持つ鏡がこうして目の前に現れたのだ。鏡が壊され、一時は何も見えなくなっていた彼女だ。感慨深く思うのも理解できる。

ぼくたち小人は感慨に耽《ふけ》るママエをよそに、討論を行った。三途川の使っていた鏡がなぜ、ここに？　どうやって、ここに？

どうやっての方は難しい話ではなかった。

「おれたちはずっと病室の中にいたからね。三途川がこっそりかけておくのはできるさ」

とドーピー兄さん。それもそうだ。

では――なぜ？

さまざまな意見が飛び交ったが、ここは襟音ママエ、長年培《つちか》った手腕《しゅわん》を発揮した。

「そんなの、鏡に聞けばいいじゃん？」

ああ、これこれ！

この他力本願っぷり！

先ほど、ただ一人ママエが彼女だけの感慨に浸っていたように、しばし、ぼくはぼくだけの感慨に浸った。

ドーピー兄さんは、

「そうだ、その通りだ！」

と声をあげた。ほかの兄さんたちも、口々に感心した。代表して、ドーピー兄さんが鏡に尋ねた。

「ドドソベリイドソドベリイ！

どうしてお前はここに置かれている？」

鏡は答えた。実にぞっとする回答であった。

「あなたたちを殲滅《せんめつ》するためです」

こんなに不気味な回答を聞くのははじめてである。ドーピー兄さんは続けて、

「ドドソベリイドソドベリイ！

三途川は何をしかけた！」

と尋ねた。鏡に、ホテルの光景が映った。

「これは、いまから四十八分前の光景です――」

こうしてぼくたちは、鏡の映像に釘づけにさせられた――


鏡には、三途川とダイナが映っていた。

ダイナはソファに座っている。三途川は彼女の正面に立っている。彼は、授業を行う先生のように歩きながら、口を開いた。

「さて、新女王様。次なる策をご披露《ひろう》させていただきたいと思います」

口調こそ礼儀正しかったが、ダイナを見下ろす目つきには明らかな侮蔑《ぶべつ》が感じられたし、怒っている様子も感じられた。ダイナはびくりと震え、

「ええ、お願いするわ」

といった。

三途川がダイナを「新女王様」と呼んだことから、ぼくは、ドーピー兄さんの勘が正しいことを察した。ママエは王位継承に絡んで命を狙われているのであろう。

また、ついでに、鏡がぼくたちの手元にあることの大いなる価値に気づいた。今回の事件は、これまで襟音探偵事務所が扱ってきた事件と決定的に違う。あっちの世界の住人であるダイナが犯行に絡んでいるからだ。よって、あっちの世界で、鏡を証拠として使うことができる。

つまり、この鏡をあっちの世界に持ち帰り、ダイナと三途川の悪行を公開するだけで、ハッピーエンドになるということだ。現時点ですでに、事件は解決しているも同然なのである！

この点、三途川が理解していなかったのか？

ダイナが知らなかったのか？

いや、さすがに、そんなはずはないと思うが……。

きっと、何か裏があるんだ。

ぼくはひとまず、この鏡にあっちの世界で証言させるというハッピーエンドのイメージを、頭の片隅にどけた。鏡の中では、三途川が自分の策について説明を始めようとしていた。彼の説明を聞いてからでも遅くはない。

彼は大股で部屋の中を歩きつつ、ダイナに質問を投げかけた。

「つまるところ、この鏡の能力はなんでしょうか、新女王様」

「なんでも知ることができることよ」

「もちろん、そうでございますね。しかし、それだけでは答えとして不正確ともいえます。なぜなら、『知る』ことができるのは、我々使用者であるからです。鏡の能力は『知らせる』ことだといった方が正確であります。どうでしょうか？」

「一理あるわ」

「では、その点を頭の片隅に寄せておいて下さいませ。次に、今回の補助アイテムをご紹介しましょう。それは、トランシーバーです。これこそは、鏡と同じくらい、我々を助けてくれるアイテムなのです」

彼はトランクからトランシーバーを二台取りだした。

「このトランシーバーは、普通のトランシーバーです。A機からB機に、そしてB機からA機に声を飛ばすことができます。性能がいいタイプなので、多少遠距離でも大丈夫という点は特別ですがね。この通り、タネもしかけもございません」

手品師気取りか。

「このアイテムの使用法はいうまでもありません。その場にいない状態で鏡に質問するのに使います。鏡は電話ごしの質問でも受けつける、たしかにあなたはそう説明しましたね？　ああ答える必要はありません。あなたは少々抜けているところがあるので、念のため、自分で鏡に質問して確認したのです。はい、その通りでした。この鏡は電話ごしで質問することができます」

「抜けているのは認めざるをえないわ。でも、電話ごしの話はそうね、たしかにはじめにいったわね」

「鏡とトランシーバー。強力なタッグの完成です」

三途川は、ホテルの壁にかけた鏡にトランシーバーを押し当てた。「あの鏡」はもちろん、「この鏡」だ。どちらにも、クレヨンの黄色い跡がある。

ダイナは首をひねった。

「わからないわね。私が抜けているからからかしら？」

「はい、そうです」

さすがにダイナはむっとしたらしい。だが、彼女が適切な言葉を見つける前に、三途川が鏡に向かって質問を放った。その質問は、どうかすると、いまの話題に無関係のように思えた。

「ドドソベリイドソドベリイ！
ジャズってどんな音楽だ？」

鏡の中でジャズが流れた。力強いリズムに、力強いスイング。鏡の中の鏡には、演奏の光景が映っている。三途川はスキップしながら踊り始めた。

「わかりましたか？」

「全然」

「ドドソベリイドソドベリイ！

光量をあげて！」

光量があがった。

「わかりましたか？」

「全然」

「ドドソベリイドソドベリイ！

音量をあげて！」

音量があがった。

「わかりましたか？」

「全然！」

「ドドソベリイドソドベリイ！　光量と音量、もっとあげて！」

光量と音量がさらにあがった。

「わかりましたか？」

「全、然ッ！」

「ドドソベリイドソドベリイ！　光量と音量、もっとあげて！」

光量と音量が、さらにもう一段あがった。ダイナは顔をしかめ、耳を塞《ふさ》いだ。怒鳴《どな》るようにして、

「まぶしいし、うるさいわ。あなた、一体何がしたいの！」

といった。が、そういった直後、途端に彼女の顔から、血の気が引いていった。何かに気がついたようである。

「ドドソベリイドソドベリイ！」

三途川がそういったので、鏡はしんとした。彼は、青い顔をしたダイナを見て満足そうな笑みを浮かべた。

「いかがです？　新女王様」

「まさか……！　そんなこと……」

「鏡の能力は『知らせる』ことです。鏡は『知らせる』とき、光と音を用います。つまり鏡は、光と音を自在に放つことができるアイテムとしても使えるのです。インプットのアイテムであると同時に、アウトプットのアイテムということですね。ちょうど昨夜、医師たちの声をまねるのに使ったのは、先にお話しした通り、この点に注目してのことでした。

そして忘れてはならないのは、光も音も、人や物を傷つけるために利用できるということです。虫メガネで一点に集めた光は紙を焦がしますし、やかましい音は窓ガラスを割ります」

こいつ、何をいってんだ……？

何いってんだか、わけわかんな……いや、なんとなくわかったきたぞ……。

つまり……

つまり……こいつがいいたいのは……

「ですから、トランシーバーを鏡の近くにセットしておき、遠くから質問を投げかけるというのが次の策なのであります。安全圏から、鏡がとびっきりの光量と音量で回答するようにしむけるというわけですね。

どのくらい『とびっきり』かというと、たとえば、病院のワンフロアを丸々吹き飛ばしてしまうぐらい『とびっきり』に。それが可能なことは、すでに鏡に尋ねて確認しております。そのときに鏡自身も壊れてしまいますが、ちゃんと、周囲に狙い通りの破壊行為をしつつ、壊れるのです！

あら素敵、鏡は爆弾になるのですよ、新女王様！」

――そのとき、鏡の中ではないところから同じ声がした。

三途川の声だ。

「そういうことさ、皆さん！　史上初の鏡爆弾、その身でとくと味わいたまえ！　けけけ！　前人未到の体験ができることに感謝するんだな！」

爆弾というあまりにも予想外であるしかけを前にして、さらには突然に迫りくる命の危険を前にして、ぼくたちはすっかりパニックになってしまった。ぼくは立ちくらみでふらふらとしていた。ママエは腰を抜かしていた。ドーピー兄さんは頭を抱えていた。ほか五人の兄さんは顎が外れていた。

花瓶の中にトランシーバーがしかけてあるのだろう。鏡の中ではない三途川の声は、そこから聞こえてきた。トランシーバーは受信だけでなく、送信もする。鏡が「タネ明かし」するのを、三途川も聞いていたに違いない——どこか離れた安全圏で。

鏡による証言なんか、どうでもいいわけだ！

ここですべてが終わる！

先ほど「彼の説明を聞いてからでも遅くはない」と考えたぼくだったが、その予想はまるで外れていた。説明を聞いてからでは、遅すぎたんだ！

三途川の高らかなる声が、辺りに響いた。

「ドドソベ——」

デパートの地下。

壁際に置かれた長椅子に、ダイナは探偵と並んで腰かけていた。鏡がマルガレーテたちに爆弾作戦を説明しているのが、探偵の手の中のトランシーバーからずっと聞こえてくる。探偵の手の中のトランシーバーを通して真相を告げる声が聞こえる様は、彼がマルガレーテの行動を把握している状況をそっくりそのまま象徴していた。

ダイナはぼんやりと考えた。本当はもっとしゃっきりした頭で考えたかったが、事態が自分の予想をはるかに超えたところに着地しようとしているため、それができずにいた。

——いまから、あの病院で鏡が爆発する。ワンフロア丸々を吹き飛ばして！

こちらの世界の人間は〈なんでも知ることのできる鏡〉の存在を知らないので、爆弾の正体さえ摑めない。だから三途川やダイナが容疑者として挙がることはないだろう。万が一（本当に万が一！）、容疑がかかったとしても、「どうやって爆弾を作ったのか」が立証されっこないのだから、まず安全といえる。

また、こちらの世界とダイナの関わりを知っているものはみな、爆弾で吹き飛ぶ。だから、この事件と〈なんでも知ることのできる鏡〉を結びつけて考えられる人は誰もいなくなる。

完全犯罪第二号——

——いわば、未知の凶器による殺人であった。

しかし、ダイナが考えたいのは、そういうことではない。彼女は頭を両手で包み、ぎゅっと力を入れた。そして、彼女が考えたかった問題がなんなのかを思いだした。

爆弾作戦を知った彼女は良心が痛まないわけではなかったが、痛むのが良心だけで済むのか。それが問題であった。たとえぼんやりとでも考えたかった。

良心は痛む。では、自尊心はどうか。正気はどうか。何かもっと大切なものも痛むのではないか。ダイナにはそれが不安でたまらないのである。

ダイナはホテルからデパートに移動するまでの間、この問題をもう何度もやっつけ、ひっこめた。だが、いくらひっこめても波のように、また頭の中に現れるのであった。

——あのフロアには一体、何人くらいいるのかしら……。千人……はいないでしょうね。百人？　いや、もっといそう……。しかも、あそこは病院だから、ケガや病気の人がほとんど。そんな人たちを巻き添えにして……。やっつけるのはマルガレーテか、彼女の肩を持つやつらだけでいいのに……！

部外者一人——緋山燃が倒れただけでは気にならなかったことも、百人を超える部外者が倒れそうな事態に際してだと、話が違った。

——爆発がワンフロアだけだとしても、被害があのフロアだけだとは限らないわ。上の階は間違いないでしょうし、下の階や外の道路だって……。

不安を解消するため、ダイナは探偵に声をかけようとした。が、鏡から流れるタネ

明かしに聞き惚れている彼の表情を見ると、声をかけるのは躊躇《ちゅうちょ》せざるをえなかった。それでもがんばって、

「あの」

とまで声を出したが、探偵が睨みをきかせたので、それ以上しゃべることはできなくなってしまった。彼の顔にはこう書いてあった。「また邪魔するんですか、もう！」

——もう知らない！　知らない！

ダイナはやけくそだった。

——マルガレーテがくたばる！　私が女王の座に就く！　それで、残った方の鏡を壊す！　これでよし！

という結論まで出て、不安をひっこめたわけなのだが、すぐに波が打ち寄せた。彼女は何度となく繰り返し、同じことをぼんやりと考えていた。——いまから、あの病院で鏡が爆発する。ワンフロア丸々吹き飛ばして。本当にそれでいいのかしら……。

が、繰り返しもここまでだった。トランシーバーの向こうで行われている説明が、終盤にさしかかった。探偵は小声で、

「——わかったか。目障りなミジンコめ。探偵やるなんて一万年早えんだよ。死して道理と知れ」

と呟いたあと、送話口からさっと手を離す。送話口に向かって、明るい声をはりあげた。

「そういうことさ、皆さん！　史上初の鏡爆弾、その身でとくと味わいたまえ！　けけけ！　前人未到の体験ができることに感謝するんだな！」

「皆さん」こと、マルガレーテと小人たちへの、死の宣告だ。事実上、多くの無関係な人々への宣告でもある。

「ドドソベ――」
結局のところ、ぼくたちは、いつでもすべてを吹き飛ばせる三途川の手のひらの上で、ちまちまとやっていただけだったのか。鏡の存在を知ったあいつが歯止めなく応用に走りだしたとき、すべてが決していたのかもしれない。この結末を迎えるのは時間の問題にすぎなかったように思える。
あいつの手に鏡が渡ってはならないという、漠然たるぼくの警戒は、まったくもって正解であった。王位継承とは別次元の問題で、大正解だった。大正解だったのに
――くそう！

人生最期に耳に入れる声が、いやらしく憎らしい外道野郎の声であることを、ぼくは呪った。

ぼくの視界の隅には、腰を抜かしたママエの姿が映っていた。助手として——長年のパートナーとして——なんとか彼女だけでも助けたいが、もはや、そんな間はない。

ママエはいまこの瞬間、どのような思いであろう。鏡とともに生きたのち、鏡によって塵《ちり》にされる。皮肉な人生をどう感じているのだろう。たぶん、何をどう感じる間もないな。ぼくだって、本来なら、悲哀や憤怒がもっともっと湧きおこっていいはずだ。でも、そんな間もないのである。

思い出の風景がいくつも、ぼくの頭を駆け巡った。走馬《そうま》灯《とう》のように。

ああ！

懐かしき風景の数々よ！
襟音探偵事務所よ！
襟音ママエよ！

さようなら！

さようなら！

そして、
破壊の音が、耳の奥まで響いた——

五秒ほど、息ができなかった。目は自然と閉じていた。

おそるおそる、目を開けた。

ぼくは無事だった。

目前の光景を見て、何が起こったのか、推論を立てた。ぼくには一通りの解釈しかできなかった。

破壊をもたらしたのは鏡ではなかった。リンゴだった。

破壊されたのは病院ではなかった。鏡だった。

ぼくはうしろを振り返った。病室の扉は先ほどママエによって開け放しにされていた。病室の中まで見ることができた。

「イチかバチかだったんだが……これでいいのか？」

いつのまにか意識を取り戻していた緋山が、ぼくたちに尋ねた。彼はママエが売店で買ったリンゴを投げて、鏡を壊したのであった。

ふしぎな海の、ふしぎな島の、ふしぎな森の、ふしぎな国の、ふしぎな丘の城の前に、国民の多くが集まりました。彼らの視線は、城の前に立つ、一人のかわいらしい少女に向けられています。

「マルガレーテ・マリア・マックアンドリュー・エリオット！」

大臣が低い声を響かせました。

「はい」

少女が返事をしました。

「汝は我らが国の平和と発展を心から望むか？」

「はい」

「汝は我ら国民に尽くすか？」

「はい」

大臣は身体の向きをかえました。そこには、鏡が置いてありました。

「ドドソベリイドソドベリイ！

鏡や鏡。王家に伝わる鏡よ。

新王にふさわしいのは誰か、その名を答えよ！」

鏡は光り輝き、答えました。

「マルガレーテ・マリア・マックアンドリュー・エリオットです」

大臣は身体の向きを戻して、いいました。

「いまここに、我らの新しい王が誕生した!」

彼は王冠を少女の頭に被せました。観衆から歓声と拍手が湧きおこりました。


続いて、パーティーが開かれました。城の庭に豪華な料理が並べられました。音楽隊が楽しげな曲を奏でました。人々は、わいわいがやがや、めいめいに楽しみました。おやおや、なにやら感動のあまり、泣きながら料理を食べている小人もいますよ。


しばらくして、大臣がいいました。

「皆さん!　新女王からお話があります!」

人々はみな、城の前の新女王に目を向けました。彼女は、

「えー。皆さん。今日はお集まり下さって、誠にありがとうございます」

と前置きしたあとで、自己紹介や抱負を話し始めました。彼女自身の半生を話すことにもなりました。終盤は、たちの悪い探偵の話になりました。一通り話が済んだあ

と、彼女はこういいました。

「——というわけで、悪い探偵と悪い后は捕まりました。彼らには醜いヒキガエルにされる刑が待っています。ヒキガエルになって、自分たちの罪をしっかり償ってもらいたいと思います」

ヒキガエルというのは、そう、じめじめした場所で這いまわって、ゲコゲコと鳴くあの動物のことです。悪い人はヒキガエルにされてしまいます。だから、悪いことはできませんね。

少女は話を続けました。

「ところで、王家に伝わる鏡といえば——皆さん、おかしいことに気がついたでしょうか？

鏡は二つしかありませんでしたね。そして先ほどの話の中で、一つは悪い探偵に壊され、もう一つは私の命を守ってくれた探偵——命の恩人によって壊されました。たった六日前のことです。ところがいま、そこにほら、ちゃんと鏡があります！」

そういって彼女が指差したのは、先ほど戴冠式で使った鏡でした。

観衆はざわつきました。

新女王はほほえみました。

「さて、どういうことでしょう？」

彼女はいたずらっぽい笑顔で、ちょっとの間、観衆をざわつかせたままにしました。そのあとで、手を鳴らし、観衆の注目を集めました。

「はい。それでは、この謎をこちらの方に説明してもらいましょう！　命の恩人さんですっ」

観衆の賞賛に包まれながら、赤毛の青年が城の前に姿を現しました。彼はぺこりと頭をさげたあと、いっきに真相を説明しました。

「こんにちは、緋山と申します。新女王様が説明しろというので、説明させていただきます。ちなみに、さっき新女王様の話では、最後にベッドから起きた自分が鏡を壊した根拠に触れられていませんでした。実際、あれはイチかバチかだったのですが、一応もう少し説明しておきます。ってのは、おれはわりと早い時点で起きていて、三途川理のやつ——ああ、つまり悪い探偵のことですが——あいつが鏡の中で鏡の説明をしているのは聞いていたんです。

あいつの説明がなければ、ああはできませんでした。あと、そもそも、前に新女王様と共同捜査したとき、『何か裏があるんだな』とは思っていました。そのうえ、毒で気を失う直前には小人の姿も見ていたので、〈なんでも知ることのできる鏡〉というとんでもないものの存在をすぐに信じられたわけです。起きたとき、目の前に小人がぞろぞろいましたし。

それから、最後の鏡爆弾なるふざけた使用法についても、もう少し説明しておきましょう。

ありゃ狂気の発明というべきですね。後日おれは鏡で、三途川がそれまでに鏡をどう使ってきたかを知ったわけですが、あいつは后と会ったはじめの晩、早速『光量をあげろ』という使い方をしていました。そのあと、おれがぶっ倒れた日の夜には『ボリュームをあげろ』という使い方をしていたんです。

それらの使い方を通して光量も音量も調整可能だと知り、爆弾という発想に至ったんでしょう。おれにはこういう創造的な発想をする才能がないんで、あいつのこういう才能には一目置いていたんですがね。もっと別の方向に才能をいかせなかったのかと惜しまれますよ」

赤毛は悲しそうな眼で空を見あげました。少し経ったあと、観衆に視線を落とし、説明を続けます。

「で、どうして鏡が残っているかの話に戻りましょう。

おれは最後の最後に——というよりむしろ、全部終わったあとで事情を聞いたわけですが、そのとき、『あれ？』と思ったことがあるのです。それが、鏡復活のきっかけとなりました。

　というのは、三途川の野郎が、鏡を爆弾に使おうとしたという点がひっかかったのです。なんでも、戴冠式には鏡が必要だそうではありませんか。でも、鏡を爆弾にしてしまうと、鏡自身も壊れます。このことはあのとき病室の前で鏡が説明していました。

　しかし、依頼人である后は鏡がなくなることをよしとしません。それで、ピンときたわけです。ああ、あの野郎はもう一つの鏡――すなわち、襟音探偵事務所の鏡を壊してないんだなって。

　また、あいつが今後の探偵活動で鏡を使おうとしていたことは、あとで鏡に尋ねてはっきりしましたが、鏡に尋ねるまでもなく、これもおれには想像がつきました。新女王様の例を挙げるまでもなく、探偵業に鏡はとてつもなく便利ですからね。おれだってああいうのがあれば――いやあ、やっぱいらねえな。いらんことまで知っちゃいそうだ。荷が重すぎる」

　赤毛は肩をすくめ、首を横に振りました。

「さて、このようにして、おれは『実は鏡を壊していない』という仮説を立てることができました。すると、別の側面が見えたわけです。

　話は火事騒動にまで遡ります。

あのとき、あいつは消火器を手にして、ゲホンゴホンと咳をしていたそうではありませんか。このとき、咳に紛らせて、周囲の者に気づかれないよう、何か簡単な言葉をしゃべったんじゃないだろうか。おれはそういう仮説を立てたんです。

簡単な言葉が新女王様の机の中にあった鏡に対して放たれたとしたら、どうでしょう。鏡が机の中に入っていようがなんだろうが、『回答』させることは可能です。

その言葉が英語や日本語でなく、どこかの別の国の言語――たぶんあまり有名ではない言語――なら、周囲の者にはまず気づかれません。あいつは、そうした言語による、とある質問を発音ごと丸暗記していたのです。あらかじめホテルで鏡に教えてもらっていたのです。

あとで鏡に聞いて確認しましたが、これまた、確認するまでもなく、なんという意味の質問だったか、自分には察しがつきましたね」

赤毛は、少しだけ声をはりあげ、

「『鏡の背後の光景を映せ。百年間、映し続けろ』」

といいました。観衆はどよめきましたが、赤毛の説明を求め、すぐに静かになりました。赤毛は続けます。

「百年か千年かは鏡に聞くまでわかりませんでしたが、どうですか。あいつの考えそうないい回しではありませんか。

あいつは后と会った夜、つまり『光量をあげろ』を実践したとき、同じく『一時間分の映像を映せ』も実践しているんです。だから、『回答』を意図的に持続させることが可能だと知っていたわけです。

『鏡の背後の光景を映せ』。こうすれば手鏡から、鏡だけすっぽり取ったのと、見た目の区別がつかなくなります。

この質問をするときには、ドドソベリイドソドベリイという呪文はなかったでしょう。近くに新女王様や、助手をしていた小人がいましたからね。呪文を入れると勘づかれます。呪文なしでも機能するんだから、無理に入れる必要はありません。

鏡の回答は映像だけだったかもしれませんが、もし音声がついてきたとしても、質問と同じ言語が使われます。周囲に気づかれにくい言語による質問だったので、回答も気づかれにくいわけです。

なお、あいつが鏡を叩き落としたとき、周囲に鏡の破片が飛び散っていたそうですが、これはギミックです。ホテルから襟音探偵事務所に移動する途中、どっかそこらへんで買った鏡を、あらかじめ破片にしておいたんでしょう。

ギミックは、もちろん、新女王様に鏡が壊れたと思いこませるためです。あのとき、あいつは大きなポケットのついたコートを着ていたらしいので、破片の持ち運びには困りません。

自分は、ここまで仮説を立てたあと、試しに鏡の再生を試みました。具体的にやったことは簡単です。新女王様のおうちにいき、『本当は壊れていない鏡』に向かって、

『ドドソベリイドソドベリイ！』


っていったんです。そしたら、鏡は回答である像を映すことを中断し、もとの鏡に戻ったというわけです。自分の仮説が当たっていたのでした。

ちなみにあいつは、鏡を爆弾として使おうとしたとき、新女王様が『本当は壊れていない鏡』をおうちに置いていたことをあらかじめ調べていたんでしょうね。そうでないと、『本当は壊れていない鏡』まで吹き飛ばしてしまいますから」

説明を終えた赤毛は、恥ずかしそうに、さっさと城の前から姿を消しました。彼が城の前に姿を現したときよりも、大きな賞賛の声が、観衆から湧きおこりました。観衆の声に負けじと、新女王が声をはりあげました。

「皆さん、皆さん！　彼が行った偉業は、皆さんの考えているよりも、もっと偉大なのであります！　なぜなら、この鏡を復活させてくれたことには、王家に伝わる鏡を

復活させてくれた以上の意味があるからです。なぜなら、今回の犯罪を裁くためには、この鏡の証言が動かぬ証拠として使われる必要があったからです。つまりこの鏡がなければ、悪い后と悪い探偵を捕まえることができなかったのです！

さらに、私にとっては、それ以上に大切な意味があります。この鏡は私の母の形見なのです！　私にとって、とても大事なものなのです！　ありがとうございます、緋山探偵、ありがとうございます！

よって、いまここに、緋山燃殿に勲章を授与する次第であります！　皆さん、拍手をもって彼を称えましょう！　大いなる拍手をもって——」

あれ？　先ほど泣きながら料理を食べていた小人が、何か独り言をいっていますね。なんでしょう。

「ママエのやつ、早速、公私混同しやがった。大変な女王様だなあ！」

そういって、彼はくすくすと笑いました。

——おしまい

解説

法月綸太郎（作家）

「――ありえないことだ！　ホームズさん、あなたは魔法使いなのか、妖術師か！　どうしてこれがここにあるとわかったのです？」

「これ以外のところにはないとわかっていたからですよ」

アーサー・コナン・ドイル「第二の血痕」（深町眞理子訳）

森川智喜『スノーホワイト』は、二〇一〇年のデビュー作『キャットフード』に続いて発表された名探偵・三途川《さんずのかわ》　理《ことわり》シリーズの第二作である。初刊は一三年三月（講談社BOX）で、翌年、第十四回本格ミステリ大賞の栄冠に輝いた。作者は京都大学推理小説研究会の出身で、同研究会出身の円居挽《まどいばん》（〇九年『丸太町ルヴォワール』でデビュー）とともに、新世代本格の担い手として注目を集めている。

『スノーホワイト』は読んで字のごとく、グリム童話「白雪姫」をモチーフにした作品である。しかし、何の予備知識もなしに本書を手に取った読者は、冒頭の数ページを読んで狐につままれたような気持ちになるかもしれない。なにしろ主人公の女子中学生探偵・襟音ママエは〈何でも知ることのできる鏡〉の持ち主で、語り手の助手グランピー・イングラムも、体長数インチの小人だというのだから。

前作『キャットフード』は、限られた登場人物の中から変幻自在の化けネコをあぶり出す「人狼ゲーム」の変形版で、童話的なストーリーも、特殊ルール仕様「犯人当て」の枠内に収まるものだった。ところが本書では、おとぎ話めいた設定がさらにエスカレートして、魔法の鏡という掟《おきて》破りのアイテムがあっけらかんと登場する。前作である程度免疫のついた読者でも、「これでは謎も推理もへったくれもない、本格ミステリを土台からぶち壊す自爆テロか?」と、眉に唾をつけたくなるのが人情だろう。

だが、ここでひるんではいけない。連作短編仕立ての第一部「襟音ママエの事件簿」をCASEⅠ、CASEⅡ、CASEⅢと読み進めるうちに、読者の頭に浮かんだ「?」は「!」→「!!」→「!!!」と変わっていくはずだ。まがりなりにも探偵の看板を掲げている以上、ママエは事件の解決が魔法《マジック》ではなく、論理《ロジック》によるものだと依頼人に納得してもらわなければならないからである。

推理によって真相を見いだすのではなく、真相から逆算してありうべき推理を導くというあべこべの発想――後から要約するのはたやすいけれど、こういうひねくれたアイデアを首尾一貫した物語に仕立てるには、並々ならぬ技量と覚悟を要する。続く第二部「リンゴをどうぞ」では、極悪探偵・三途川理が物語の主導権を握るが、荒唐無稽な設定をフェアな謎解き（第一部）と知恵比べのゲーム（第二部）に転じていくさじ加減と手際のよさは、実際に読んでみないとわからないだろう。何でも教えてくれる魔法の鏡という反則アイテムが、本格ミステリの面白さをスポイルするどころか、謎と論理の探偵小説の新しい形を提示していることに気づいて、読者はあらためて目をみはるにちがいない。

作中で唱えられる「ドドソベリイドソドベリイ！」という呪文は、『フレッシュプリキュア！』に登場する戦闘アイテム〈ベリーソード〉とか、「ハリー・ポッター」シリーズの作者J・K・ローリングの出生地、チッピング・ソドベリー（もしくはその隣町、オールド・ソドベリー）といった固有名詞を連想させる。たまたま語感が似ているだけかもしれないが、本書のメルヘン的な異世界が魔法少女アニメやライトノベル風の学園ファンタジーと地続きであることを示唆していると思う。

これは森川作品に限った話ではない。ファンタジーの要素を導入した謎解きミステリ、あるいは特殊ルール仕様の異世界本格といったサブジャンルは、二十一世紀の漫画・アニメ・ゲーム・ライトノベルの分野では、すでに見慣れたものとなっている。

ジュブナイル・ミステリの新たな可能性を切り開いた「ミステリーランド」シリーズ（〇三年〜）でも、そうした方向性の試みが目立ったし、とりわけ全知全能の「神様」が犯人を教えてくれる麻耶雄嵩《まやゆたか》『神様ゲーム』（〇五年）が本格シーンに与えたインパクトは大きい。

二〇一〇年代に入って、こうした流れはますます一般化している。米澤穂信『折れた竜骨』（一〇年）、城平京《しろだいらきよう》『虚構推理　鋼人七瀬』（一一年）といった、異世界ファンタジーの要素を自覚的に取り入れた野心作が、日本推理作家協会賞や本格ミステリ大賞を相次いで受賞したことは、あらためてここで指摘するまでもないだろう。

さらに近年、魔法使いの少女が刑事に協力する倒叙ミステリ連作、東川篤哉『魔法使いは完全犯罪の夢を見るか？』（一二年）や、少年時代のアンデルセンがグリム兄弟の末弟や人魚姫の姉と一緒にデンマーク王家の殺人事件に挑む、北山猛邦『人魚姫探偵グリムの手稿』（一三年）など、童話的世界とリンクした作品がトレンドになりつつある。反現実的なファンタジー世界を謎解き空間として厳格にルール化していく方向とは別に、現実と非現実が交じり合った二重基準《ダブル・スタンダード》のメルヘン世界にフェアなパズルを実装する方法論が模索されているようだ。

森川作品の方向性も、こうした現代本格のトレンドに沿うものだろう。ただ『スノーホワイト』の書きっぷりには微妙に肌合いの異なるところがあって、むしろ『ドラえもん』のひみつ道具や「タイムボカン」シリーズの古風なキャラクター配置を思い出させる。不死身の怪人ゴーレムが暴れまくる三途川シリーズ第三作『踊る人形』（一三年）でも、乱歩の「少年探偵団」シリーズをなぞりながら、何とも言いがたいオーパーツ（場違いな加工、発見された場所や時代にそぐわない遺物）感がつきまとう。森川智喜の作風のポイントは、日常と魔法《エブリデイ・マジック》が平然と同居していることより、二十一世紀本格のドライなゲーム感覚（『DEATH NOTE』以後、といってもいい）と、「昭和の子」っぽいレトロな感性が渾然《こんぜん》一体となっていることかもしれない。

冒頭の繰り返しになるが、本書は第十四回本格ミステリ大賞を受賞した。本格ミステリ作家クラブに属する現役の作家、評論家らが、公開の記名投票によって年間の最優秀本格作品を選ぶ一大イベントである。目利きのプロが厳選する賞だから、本格というジャンルの将来を占うリトマス試験紙のような性格を持つといっても過言ではない。

「ジャーロ」（一四年夏号）に掲載された全選評を読むと、多くの会員が『スノーホワイト』の「新しさ」に注目していることがわかる。この「新しさ」がどういうものかを示すため、少し長くなるが、〇六年六月、花園大学で開かれた「探偵小説批評の10年」（笠井潔×巽昌章×法月綸太郎）というシンポジウムから、笠井潔の発言を引用してみよう。

笠井　（略）前の方を幾度も読み返してみないと、どうしてこの人物しか犯人でありえないのか納得できないような、複雑で込み入った謎の解き方はケータイ・ネット世代には敬遠される。答えを知りたければグーグルで検索すればいい、自分の頭で考える必要はないとごく自然に思いかねません（笑）。趨勢からして、このようなタイプは今後ますます増えていくでしょう。だとすると、はじめからたいした謎はない、解けるときは簡単に判る、そういう了解の仕方しかないんだろうか。たぶん必ずしもそうではなくて、判り方や納得の仕方にもいろいろあるのではないか。段差が大きいほど驚きも大きいわけですね。これまで論理的な複雑さで段差を拡げていたんだけど、違うやり方でも段差を拡げる方法はあるかもしれない。そういう方向で謎と論理の探偵小説の構造を組み換えていく可能性、この可能性を真正面から追求する新世代作家の登場を期待するしかありません。（探偵小説研究会編著『CRITICA vol.2』）

これは「謎の弱体化」というトピックに関する発言で、二〇〇〇年代半ばから本格シーンに生じつつあった閉塞感を表明したものである。京都大学の入学試験で携帯電話と「Yahoo! 知恵袋」を悪用したカンニング事件が発覚したのは、それから五年ほど後のこと。ちなみにママエが持つ魔法の鏡も、ちょうどスマートフォンぐらいのサイズだ。

笠井の発言を要約すると、グーグルや集合知、SNSの普及といった情報環境の変化に伴う「知」のパラダイムシフトに対して、現代本格はどのように向き合っていくべきか、という趣旨になるだろう。こうした問いかけに「白雪姫」の見立てというコロンブスの卵的発想で、あっと驚く答えを示したのが『スノーホワイト』だった。安易な世代論に還元することはできないけれど、森川智喜の快挙によって、「謎と論理の探偵小説の構造を組み換えていく可能性」を「真正面から追求する新世代作家の登場」という予言がようやく現実のものになろうとしているのではないか。

「探偵小説の構造を組み換えていく可能性」という観点から、あらためて本書の意義を検討してみよう（以下、第二部の展開にも言及します）。真相から逆算してありうべき推理を導くというあべこべの発想は、本格ミステリの黎明《れいめい》期に、リチャード・オースティン・フリーマンが短編集『歌う白骨』（一九一二年）で初めて用いた倒叙ミステリという手法に通じるものがある。これは「刑事コロンボ」「古畑任三郎」のように、まず犯人の側から犯行を描いた後、探偵が推理によって真相を突き止めるプロセスを活写していくスタイルだ。犯人（真相）の意外性より、ロジカルな推理の面白さに重点を置くため、通常の本格ミステリとは語りの順序が逆になっている。真相と推理の因果関係をひっくり返した本書第一部のエピソードは、フリーマンの実験的手法を「違うやり方」で引き継いでいるといってもいいだろう。

さらに後半の第二部では、ママエ暗殺を依頼された三途川サイドから手のこんだ犯行計画が描かれていく。視点は敵味方を往復するが、三途川とダイナ王妃は魔法の鏡を通じてママエ側の動静を監視しているので（理論上はグランピーの心も読める）、第二部はほぼすべて、犯人の側に視点が据えられているという見方もできよう。こちらは、フランシス・アイルズがフリーマンの手法を発展させた『殺意』（三一年）タイプの倒叙ミステリを引き継いだサスペンス形式だ。作者は魔法の鏡の機能を拡張することで、二種類の倒叙パターンをうまく使い分けている。

こうした構造の組み換えは、探偵と「事件」の関係にどんな影響を及ぼすか。第一部の最初の二編で、ママエは依頼人の話だけを手がかりに真相を看破する安楽椅子探偵としてふるまっている。登場人物は探偵と助手、そして依頼人だけ。それ以外の人物は、鏡の中にしか存在しない（この二編が「日常の謎」のバリエーションになっていることに注意）。ＣＡＳＥⅢで、ママエとグランピーはようやく事務所から外に出るが、依頼人の屋敷で起こりうべき「事件」は、シミュレートされた未来にしか存在しない。「事件」は鏡の中に封じこめられているわけだ。

ところが、第二部でママエは鏡を使えなくなってしまう。言い換えれば、鏡の中に「事件」を封じこめておくことができない。〈何でも知ることのできる鏡〉というのは、単に真相を教えてくれるだけではなく、探偵を「事件」から切り離す安全装置の役目を果たしているのだ。いっぽう、三途川は積極的に「事件」に介入していくが、それは鏡の中に飛びこんでいくことにほかならない。残念な結末を避けられないのも、彼が「事件」なしではいられない探偵だからだろう。興味深いのはこの第二部でも、主要な登場人物は探偵（ママエ、三途川、緋山）と助手（グランピーとその兄弟）、そして依頼人（ダイナ王妃）に限られているということである。

ママエが推理を披露する場面は、シャーロック・ホームズが依頼人の職業を当てたり、オーギュスト・デュパンが語り手の心を読んでしまうくだりを連想させる。ホームズやデュパンの推理は、後世から見ると当てずっぽうに近いものもあるけれど、であるからこそ、読者の心をつかんで放さない輝きを持っている。目の前に助手と依頼人がいるだけで、名探偵がその魅力を発揮できる幸福な時代があったということだ。

森川智喜の名探偵小説は、突飛な設定やひねくれたロジックを駆使しながら、辛辣《しんらつ》な名探偵批判やメタ意識をこじらせたような屈折はない。むしろ一周回って「名探偵の推理」というパフォーマンスに、原初の輝きを取りもどそうとする試みのように見える。

本書は二〇一三年二月に講談社BOXより『スノーホワイト　名探偵三途川理と少女の鏡は千の目を持つ』として刊行されたものを改題したものです。

|著者|森川智喜　1984年、香川県生まれ。京都大学大学院理学研究科修士課程修了。京都大学推理小説研究会出身。2010年、『キャットフード　名探偵三途川理と注文の多い館の殺人』でデビュー。'14年、『スノーホワイト　名探偵三途川理と少女の鏡は千の目を持つ』（本書）で第14回本格ミステリ大賞を受賞。デビュー２作目での同賞受賞は史上初。その他の著作に『一つ屋根の下の探偵たち』『踊る人形　名探偵三途川理とゴーレムのＥは真実のＥ』『半導体探偵マキナの未定義な冒険』『なぜなら雨が降ったから』がある。

スノーホワイト

森川《もりかわ》智《とも》喜《き》

講談社文庫

定価はカバーに
表示してあります

2014年11月14日第１刷発行

発行者――鈴木　哲
発行所――株式会社　講談社
東京都文京区音羽2-12-21　〒112-8001
電話　出版部（03）5395-3510
　　　販売部（03）5395-5817
　　　業務部（03）5395-3615

デザイン―菊地信義
製版―――凸版印刷株式会社
印刷―――凸版印刷株式会社
製本―――株式会社若林製本工場

Printed in Japan

ISBN978-4-06-277978-4

講談社文庫刊行の辞

二十一世紀の到来を目睫に望みながら、われわれはいま、人類史上かつて例を見ない巨大な転換期をむかえようとしている。

世界も、日本も、激動の予兆に対する期待とおののきを内に蔵して、未知の時代に歩み入ろうとしている。このときにあたり、創業の人野間清治の「ナショナル・エデュケイター」への志を現代に甦らせようと意図して、われわれはここに古今の文芸作品はいうまでもなく、ひろく人文・社会・自然の諸科学から東西の名著を網羅する、新しい綜合文庫の発刊を決意した。

激動の転換期はまた断絶の時代である。われわれは戦後二十五年間の出版文化のありかたへの深い反省をこめて、この断絶の時代にあえて人間的な持続を求めようとする。いたずらに浮薄な商業主義のあだ花を追い求めることなく、長期にわたって良書に生命をあたえようとつとめるところにしか、今後の出版文化の真の繁栄はあり得ないと信じるからである。

同時にわれわれはこの綜合文庫の刊行を通じて、人文・社会・自然の諸科学が、結局人間の学にほかならないことを立証しようと願っている。かつて知識とは、「汝自身を知る」ことにつきていた。現代社会の瑣末な情報の氾濫のなかから、力強い知識の源泉を掘り起し、技術文明のただなかに、生きた人間の姿を復活させること。それこそわれわれの切なる希求である。

われわれは権威に盲従せず、俗流に媚びることなく、渾然一体となって日本の「草の根」をかたちづくる若く新しい世代の人々に、心をこめてこの新しい綜合文庫をおくり届けたい。それは知識の泉であるとともに感受性のふるさとであり、もっとも有機的に組織され、社会に開かれた万人のための大学をめざしている。大方の支援と協力を衷心より切望してやまない。

一九七一年七月

野間省一

講談社文庫 ◆ 最新刊

柴田哲孝
チャイナ インベイジョン
〈中国日本侵蝕〉
尖閣問題は氷山の一角にすぎない。日本の土地を買い漁《あさ》る、中国のおそるべき野望とは？

森川智喜
スノーホワイト
真実を知る鏡をもった反則の名探偵を窮地に追い込んだのは!?　本格ミステリ大賞受賞作。

桑原水菜
弥次喜多化かし道中
人に喰われるのはイヤと、人に化けてのお伊勢参り。狐と狸の新・膝栗毛。〈書下ろし〉

好村兼一
兜割源三郎
〈玄治店密命始末〉
打擲《ちょうちゃく》の武器、兜割を持つ源三郎が厄介事の解決に奔走する痛快時代小説。〈書下ろし〉

杉本章子
精《あき》姫《ひめ》様一条
〈お狂言師歌吉うきよ暦〉
莫大な費えのかかる将軍家の姫君は「厄介嫁」か。隠密御用を務める町娘は人気お狂言師。

磯﨑憲一郎
赤の他人の瓜二つ
私が世界となり、私が歴史となる——小説の未知なる可能性に挑んだ芥川賞作家の傑作！

岩明　均
文庫版 **寄生獣3・4**
季節外れの転校生・島田がやってきた。彼は敵か味方か。そして新生物誕生の理由とは。

かわぐちかいじ
原作：藤井哲夫
僕はビートルズ5・6
日本を席巻したビートルズのコピーバンドが渡英。本物との邂逅《かいこう》は？　彼らの未来は？

原作：上橋菜穂子
漫画：武本糸会
コミック　獣の奏者Ⅲ
エリンと絆を結んだリランはついに空を飛ぶ。母の一族が語る王獣を縛る戒律の正体とは。

マイクル・コナリー
古沢嘉通　訳
判決破棄 (上)(下)
〈リンカーン弁護士〉
精液のDNA鑑定は、少女殺害の有罪判決をひっくりかえした。人気弁護士×孤高の刑事！

講談社文庫 最新刊

講談社文芸文庫

川崎長太郎
泡／裸木
川崎長太郎花街小説集
解説＝齋藤秀昭　年譜＝齋藤秀昭

小田原の花街・宮小路を舞台に、映画監督・小津安二郎と三文文士・長太郎が、ひとりの芸者を巡り対峙する。〈小津もの〉と称される作品群の中から戦前・戦中作等、名篇を精選。

978-4-06-290249-6　かN5

講談社文芸文庫編
妻を失う
離別作品集
選・解説＝富岡幸一郎

妻を失った夫の深い悲しみを、男性作家たちの筆で描く文学の極致。高村光太郎・有島武郎・葉山嘉樹・横光利一・原民喜・清岡卓行・三浦哲郎・藤枝静男・江藤淳。

978-4-06-290248-9　こJ36

塚本邦雄
秀吟百趣
解説＝島内景二

漱石、白秋、晶子、茂吉、子規、蛇笏、放哉から寺山修司、金子兜太、岡井隆まで。天才歌人が「今朗誦すべき」短歌・俳句を厳選、批評・解釈を施した秀逸な詞華集。

978-4-06-290250-2　つE6

講談社文庫　目録

講談社文庫　目録

江戸川乱歩賞全集
日本推理作家協会編

古典

芥川龍之介　藪の中
有吉佐和子　新装版 和宮様御留
阿川弘之　七十の手習ひ
阿川弘之　春風落月
阿川弘之　亡き母や
阿刀田高　ナポレオン狂
阿刀田高　新装版 ブラック・ジョーク大全
阿刀田高　新装版 食べられた男
阿刀田高　新装版 最期のメッセージ
阿刀田高　新装版 猫の事件
阿刀田高　新装版 妖しいクレヨン箱
阿刀田高　新装版 奇妙な昼さがり
阿刀田高編　ショートショートの広場18
阿刀田高編　ショートショートの広場19
阿刀田高編　ショートショートの広場20
阿刀田高編　ショートショートの花束1
阿刀田高編　ショートショートの花束2
阿刀田高編　ショートショートの花束3
阿刀田高編　ショートショートの花束4
阿刀田高編　ショートショートの花束5
阿刀田高編　ショートショートの花束6
安房直子　南の島の魔法の話
相沢忠洋　「岩宿」の発見〈幻の旧石器を求めて〉
安西篤子　花あざ伝奇
赤川次郎　真夜中のための組曲
赤川次郎　東西南北殺人事件
赤川次郎　起承転結殺人事件
赤川次郎　冠婚葬祭殺人事件
赤川次郎　人畜無害殺人事件
赤川次郎　純情可憐殺人事件
赤川次郎　結婚記念殺人事件
赤川次郎　豪華絢爛殺人事件
赤川次郎　妖怪変化殺人事件
赤川次郎　流行作家殺人事件
赤川次郎　ABCD殺人事件
赤川次郎　狂気乱舞殺人事件
赤川次郎　女優志願殺人事件
赤川次郎　輪廻転生殺人事件
赤川次郎　百鬼夜行殺人事件
赤川次郎　四字熟語殺人事件〈ベスト・セレクション〉
赤川次郎　三姉妹探偵団
赤川次郎　三姉妹探偵団2〈キャンパス篇〉
赤川次郎　三姉妹探偵団3〈珠美・初恋篇〉
赤川次郎　三姉妹探偵団4〈怪奇篇〉
赤川次郎　三姉妹探偵団5〈復讐篇〉
赤川次郎　三姉妹探偵団6〈危機一髪篇〉
赤川次郎　三姉妹探偵団7〈駆け落ち篇〉
赤川次郎　三姉妹探偵団8〈人質篇〉
赤川次郎　三姉妹探偵団9〈青ひげ篇〉
赤川次郎　三姉妹探偵団10〈父恋し篇〉
赤川次郎　死が小径をやってくる〈三姉妹探偵団11〉
赤川次郎　死神のお気に入り〈三姉妹探偵団12〉
赤川次郎　次女と野獣〈三姉妹探偵団13〉
赤川次郎　心地よい悪夢〈三姉妹探偵団14〉
赤川次郎　ふるえて眠れ、三姉妹〈三姉妹探偵団15〉
赤川次郎　三姉妹、呪いの道行〈三姉妹探偵団16〉
赤川次郎　三姉妹、初めてのおつかい〈三姉妹探偵団17〉

有栖川有栖　英国庭園の謎
有栖川有栖　ペルシャ猫の謎
有栖川有栖　幻想運河
有栖川有栖　幽霊刑事《デカ》
有栖川有栖　マレー鉄道の謎
有栖川有栖　スイス時計の謎
有栖川有栖　モロッコ水晶の謎
有栖川有栖　新装版 マジックミラー
有栖川有栖　新装版 46番目の密室
有栖川有栖　虹果て村の秘密
有栖川有栖　闇の喇叭《らっぱ》
有栖川有栖　真夜中の探偵
有栖川有栖 篠田真由美 二階堂黎人 法月綸太郎　「Y」の悲劇
有栖川有栖／恩田陸 加納朋子／貫井徳郎 法月綸太郎　「ABC」殺人事件
明石散人　東洲斎写楽はもういない
佐々木幹雄
明石散人　二人の天魔王〈「信長」の真実〉
明石散人　龍安寺石庭の謎〈スペース・ガーデン〉
明石散人　ジェームス・ディーンの向こうに日本が視える
明石散人　謎ジパング〈誰も知らない日本史〉
明石散人　アカシックファイル〈日本の「謎」を解く！〉
明石散人　真説 謎解き日本史
明石散人　視えずの魚《うお》
明石散人　鳥玄坊〈根源の謎〉
明石散人　鳥玄坊〈時間の裏側〉
明石散人　鳥玄坊〈ゼロから零へ〉
明石散人　大老猫《だいろうびょう》の外交術〈鄧小平秘録〉
明石散人　日本国大崩壊〈アカシックファイル〉
明石散人　七つの金印〈日本史アンダーワールド〉
明石散人　日本語千里眼
姉小路祐　刑事長《デカチョウ》
姉小路祐　刑事長《デカチョウ》四の告発
姉小路祐　刑事長《デカチョウ》越権捜査
姉小路祐　刑事長《デカチョウ》殉職
姉小路祐　東京地検特捜部
姉小路祐　仮面官僚〈東京地検特捜部〉
姉小路祐　汚職捜査〈警視庁サンズイ別動班〉
姉小路祐　合併裏頭取〈警視庁サンズイ別動班〉
姉小路祐　首相官邸占拠399分
姉小路祐　化野《あだしの》学園の犯罪〈教育実習生 西郷大介の事件日誌〉
姉小路祐　法廷戦術
姉小路祐　司法改革
姉小路祐　「本能寺」の真相
姉小路祐　京都七不思議の真実
姉小路祐　密命副検事
姉小路祐　署長刑事《デカ》〈大阪中央署人情捜査録〉
姉小路祐　署長刑事《デカ》時効廃止
姉小路祐　署長刑事《デカ》指名手配
姉小路祐　署長刑事《デカ》徹底抗戦
秋元康　伝染歌
浅田次郎　日輪の遺産
浅田次郎　勇気凜凜ルリの色
浅田次郎　四十肩と恋愛〈勇気凜凜ルリの色〉
浅田次郎　地下鉄《メトロ》に乗って
浅田次郎　霞町物語
浅田次郎　勇気凜凜ルリの色 福音について
浅田次郎　勇気凜凜ルリの色 満天の星〈ひとは情熱がなければ生きていけない〉
浅田次郎　〈勇気凜凜ルリの色〉

浅田次郎 シェエラザード (上)(下)
浅田次郎 歩兵の本領
浅田次郎 自民党幹事長 (三ады様のカネ、首の戸ストを狙るまで)《新自由クラブから国民新党まで》
浅田次郎 蒼穹の昴 全4巻
浅田次郎 珍妃の井戸
浅田次郎 中原の虹 (一)(二)
浅田次郎 中原の虹 (三)(四)
浅田次郎 マンチュリアン・リポート
浅田次郎原作/ながやす巧漫画 鉄道員/ラブ・レター
青木 玉 小石川の家
青木 玉 帰りたかった家
青木 玉 上り坂下り坂
青木 玉 底のない袋
青木 玉 記憶の中の幸田一族《青木玉対談集》
芦辺 拓 時の誘拐
芦辺 拓 怪人対名探偵
芦辺 拓 時の密室
芦辺 拓 探偵宣言《森江春策の事件簿》
浅川博忠 小説角栄学校
浅川博忠 小説池田学校

浅川博忠 「新党」盛衰記《新自由クラブから国民新党まで》
浅川博忠 自民党幹事長《三度様のカネ、首のポストを握るまで》
浅川博忠 小泉純一郎とは何者だったのか
浅川博忠 政権交代狂騒曲
荒和雄 預金封鎖
阿部和重 アメリカの夜
阿部和重 グランド・フィナーレ
阿部和重 《阿部和重初期作品集》ミステリアスセッティング A B C
阿部和重 IP/NN 阿部和重傑作集
阿部和重 シンセミア (上)(下)
阿部和重 ピストルズ (上)(下)
阿川佐和子 あんな作家こんな作家どんな作家
阿川佐和子 恋する音楽小説
阿川佐和子 いい歳旅立ち
阿川佐和子 屋上のあるアパート
阿川佐和子 マチルデの肖像
阿川佐和子 加筆完全版 宣戦布告 (上)(下)
麻生 幾 純《音楽小説2》
麻生 幾 奪還

青木奈緒 うさぎの聞き耳
青木奈緒 動くとき、動くもの
赤坂真理 ヴァイブレータ 新装版
赤尾邦和 イラク高校生からのメッセージ
浅暮三文 ダブ(エ)ストン街道
安野モヨコ 美人画報
安野モヨコ 美人画報ハイパー
安野モヨコ 美人画報ワンダー
梓澤要 遊部 (上)(下)
雨宮処凛 バンギャルアゴーゴー1・2・3
雨宮処凛 暴力恋愛
雨宮処凛 ともだち刑
有村英明 届かなかった贈り物《心臓移植を待ちつづけた87日間》
有吉玉青 キャベツの新生活
有吉玉青 車掌さんの恋
有吉玉青 恋するフェルメール《37作品への旅》
有吉玉青 風の牧場
甘糟りり子 みちたりた痛み
甘糟りり子 長い失恋

2014年9月15日現在